U0724097

少年奇才的故事

Shaonianqicai De Gushi

墨 人◎主编

吉林出版集团股份有限公司

图书在版编目（CIP）数据

少年奇才的故事 / 墨人主编. —— 长春 : 吉林出版
集团股份有限公司, 2012.6
（读好书系列）
ISBN 978-7-5463-9660-6

Ⅰ. ①少… Ⅱ. ①墨… Ⅲ. ①儿童故事—作品集—世
界 Ⅳ. ①I18

中国版本图书馆CIP数据核字(2012)第118385号

少年奇才的故事
SHAONIAN QICAI DE GUSHI

主　　编　墨　人
出 版 人　吴　强
责任编辑　尤　蕾
助理编辑　杨　帆
开　　本　710mm×1000mm　1/16
字　　数　100千字
印　　张　8
版　　次　2012年6月第1版
印　　次　2022年9月第3次印刷

出　　版　吉林出版集团股份有限公司
发　　行　吉林音像出版社有限责任公司
地　　址　长春市南关区福祉大路5788号
电　　话　0431-81629667
印　　刷　河北炳烁印刷有限公司

ISBN 978-7-5463-9660-6　　　　定价:28.00元

前言

QIANYAN

　　打开人类记忆库的钥匙有两把:一把叫作瞬间;一把称作永恒。

　　生灵万物,有的能技压群芳;有的能力挫群雄;有的旋转于溪流;有的凌驾于惊涛骇浪。孩子们也是如此,能语惊四座或技艺娴熟者比比皆是,这些孩子常常被称为"神童",殊不知前者是因童言无忌而博得喝彩,后者是因熟能生巧获得掌声。因此,真正经得起岁月推敲的可谓凤毛麟角。那么,那些所谓的神童都从人间蒸发了吗?没有。只是他们在某一特定的社会环境中被锁进了瞬间的记忆。

　　我们书中列举的不外乎人们熟知的中外名人,但是我们所描述的却远不止他们灵感火花的闪现,而是想通过他们的故事向小读者阐述一个道理:成功者的秘诀在于蓄积气势、厚积薄发,仅靠一两个灵感的火花不可能照亮前进的路标。

　　《少年奇才的故事》不同于悬念小说,它不具有牵一发而动全身、窥一斑而知全豹的传奇功效。但我们可以深切地告诉小读者,正是这些看似普通的故事才蕴含着深刻的道理,也正是其中蕴含着锲而不舍的追求、孜孜不倦的精神和对人类社会所产生的影响,所以才被历史写进永恒。相信小读者会在书中领悟到成功的法宝,掌握成功的法宝。如果孩子们能在书中找到超乎于编者的更新、更深的发现,我们会欣慰地说:这是我们,包括整个社会所期望的!

编　者

目录
MULU

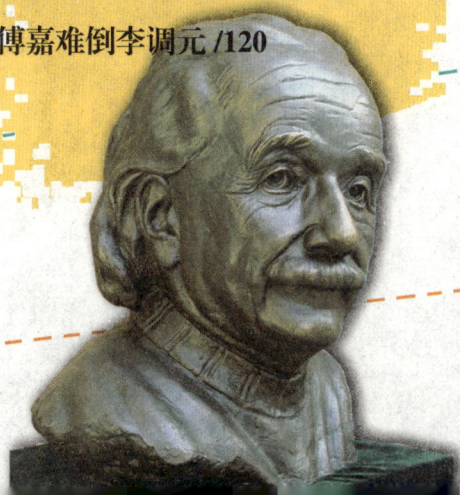

牛顿读书

▲牛顿像

1642年圣诞节的早上，牛顿出生在英国北部的林肯郡。刚出生的牛顿皮肤很皱，体重不足3公斤。

牛顿是父亲的遗腹子，也就是说在他降生之前，父亲已经患病去世。2岁时，母亲改嫁，把他交给外婆和舅舅抚养。牛顿的童年是在无拘无束中度过的。除了和小伙伴做游戏以及与大自然交流之外，牛顿几乎没有接受过学前教育。在他7岁那年，外婆把他送到学校读书。这个野惯了的孩子无法静下心来听课，人在课堂内、心在课堂外。教室对他来说像是关小鸟的笼子。有一次，算术老师讲完了"11加11等于22"，随即问牛顿："11加12等于几？""等于22。"正在想着下河捉鱼、上山抓鸟的牛顿猛然听到老师点自己的名字，脱口而出地回答，引来哄堂大笑。

在牛顿12岁那年，家里把牛顿送到镇上的学校读书。这个学校的老师按学习成绩给学生排座次，成绩好的坐前边，成绩差的坐后边。牛顿的座位开始是在教室最后面的角落里。因此，班上好多同学瞧不起牛顿,不愿跟他玩,有些同学嘲笑他,骂他"笨蛋",个别同学甚至动手动脚欺侮他。这使牛顿受到深深的刺激,他在心里说:"我不比你们笨,等着瞧吧,总有一天,我会让你们坐到我后面!"从此,在课堂上,牛顿身板坐直了,听课专心了;在课后,他认真做作业,抓紧时间温习功课。渐渐地,牛顿的座位往前移动,不久就移到前排的第一个位置上。全班同学

▲牛顿和他的反射望远镜

对他刮目相看,老师把他当作后进变先进的典型,时常指着牛顿对后排的同学说:"学学牛顿,只要努力,你们也一定会像他一样坐到前排来的。"

可惜,正当牛顿对学习产生了浓厚的兴趣时,家里的经济情况恶化,不得不让他停止学业,离开学校。回到家里,牛顿要干很多活,有时下地劳动,有时到集市上出售农产品,有时出外放羊。和书本结下不解之缘的牛顿无论干什么都要带上书,只要有空余时间,他

▲牛顿的望远镜

▲现代科学之父——牛顿

就拿出书来读。赶集时，他总是坐在摊位旁沉浸在书中；放羊时，他总是专心致志地读书，连羊群糟蹋庄稼也不知道。为此，他没少受到家人的责备。

15岁时，家人让牛顿学习经商，每星期派一个可靠的老仆人陪他外出做一次买卖。牛顿对做生意毫无兴趣，统统交给那个老仆人去办，自己却偷偷跑到一间小房里读书。有时，他干脆不到场，叫老仆人独自去经营，自己则溜到路旁的篱笆里埋头读书。

一天，牛顿正在篱笆里读书时，被舅舅撞上了。舅舅以为他偷懒，要上前责备他，但走近一看，发现牛顿读的是一本厚厚的数学书。牛顿的勤学精神使舅舅大为感动，他专程到牛顿家劝家里人允许牛顿继续上学。

中学毕业后,牛顿以优异的成绩考入著名的剑桥大学,并获得"减费生"的资格。从此,他的人生翻开了新的篇章。

▲牛顿在树下思考苹果因何落下

列宁探究屎壳郎的秘密

▲列宁像

许多年前的一个星期天，刚进入初中的列宁（1870—1924）和几个同学相约去郊外游玩。

春天的阳光把绿色的田野照得暖洋洋的，这群少年兴奋极了，欢声笑语撒了一路。他们有的比赛跑步，有的追赶野兔，有的抓蟋蟀，有的上树掏鸟巢。和同学们一起欢闹的

▲列宁雕像

列宁忽然发现地上有个小圆洞，洞口周围堆满了松土。

"什么样的虫子有这么大的耐力，竟然从这小洞里挖出这么多土？"列宁想。

他停下来，找来一根粗树枝，拨开松土，掘开那个洞。他发现洞口下的通道很宽，洞约有半米深。洞里分几个格子，在一个格子里有

5

一堆粪，而在另一些格子里摆着圆圆的粪球。原来，这是屎壳郎挖的洞。

"喂，同学们，快来看呀！屎壳郎的家有多漂亮！"列宁向同学们叫喊着。

同学们围拢过来，指着整齐的格子和圆圆的粪球议论开了："嘿，想不到这肮脏的小东西还挺爱美的呢！"

"造这么大的窝，得费这小家伙多大力气啊，真了不起！"

在同学们七嘴八舌议论一番准备离开时，列宁忽然问道："有谁知道，屎壳郎弄这些粪球干什么呢？"

同学们沉默了，谁也不会回答，列宁也不会。

▲列宁（左）和斯大林在一起

列宁是个遇事都要寻根究底的孩子，有了疑问不寻出个答案，他吃饭不香，睡觉不宁。回家后，他找来家里有关生物的书，一本本翻、一本本查。终于，他在一本书上找到了答案。原来屎壳郎滚这些粪球，是要把它们运到所谓的"儿童堡"（洞中的格子）里去，然后在上面产卵，幼虫从卵里出来就从这些粪球上吸收养料。

第二天上学时，列宁把这个答案告诉了同学们，同学们都称赞列宁是个"有心人"。

▲列宁故居

马克思作文显壮志

▲马克思像

1835年的夏天，在德国西部莱茵省特里尔城的中学里，一场毕业考试刚刚结束。

阅卷开始了，教师们埋头在一叠叠试卷中，办公室里的气氛紧张而安静。

"啊！这篇文章写得真好！"一位教师兴奋的叫声打破了办公室的肃静。

教师们好奇地聚拢过来，一起欣赏这篇奇妙的作文。只见在《青年在选择职业时的考虑》的作文题下，作者洋洋洒洒写了一大篇，字迹秀丽工整。其中有两段是这么写的：

如果人只是为了自己而劳动，他也许能成为有名的学者、绝顶聪明的人、出色的诗人，但他绝不可能成为真正的完人和伟人。

如果我们选择了最能为人类福利而劳动的职业，我们就不会为它的重负所压倒，因为这是为全人类所做的牺牲；那时我们感到的将不是一点点自私而可怜的欢乐，我们的幸福将属于千千万万的人，我们的事业并不是显赫一时，而是永远存在。

试卷的署名是卡尔·马克思。

"卡尔·马克思能写这么好的文章并不稀奇。自他入学以来，门门功课都是最优秀的。他阅读面广，思想活跃。我斗胆说一句，他读的好多书，我们都未必读过。"说这番话的是位鬓发已经花白的老教师，显然他对马克思很了解。

▲马克思雕像

"这篇文章气势博大，抱负宏伟，如果这孩子能按自己说的去做，将来必定是一代伟人！"一个中年教师有些激动地说。

主考教师用笔管敲敲桌面，频频点头，说道："是啊，卡尔的确是个天才！不过，这孩子的思想能被接受吗？"

办公室里沉默了，教师们知道，专制的普鲁士国王是不容许自由思想传播的，怎样给这篇文章打分成了一道难题。

主考教师犹豫了片刻，终于下定了决心，"我不能为了迎合别人而昧了教师的良心！"他鹅毛笔一挥，写下了这样的评语：

"思想丰富，理解深刻。"

马克思尽他毕生精力，战胜一切艰难困苦，践行着学生时代的诺言，终于成为无产阶级革命的伟大导师。

▲马克思经常在波恩大学的这座教学楼听课

莫泊桑观察辨细微

▲莫泊桑像

在赛纳河畔一座小小的别墅里，法国大作家福楼拜正在写作，从门外进来了一个少年。

福楼拜抬头一看，高兴地说："喔，孩子，是你来了。"

这少年叫莫泊桑，他的父亲是福楼拜的好朋友。

莫泊桑喜欢读书写作，一直想当作家，所以他每天勤奋地写呀写，已经写了厚厚一大摞了。

今天，他选了自己最满意的几篇作品，特意来拜福楼拜为老师。莫泊桑恭恭敬敬地说："我也想当一个像您一样的作家，我要拜您为师。"

福楼拜笑了，认真地说："你这个志向很好，可写作是一件很苦很苦的事情。"

"我不怕苦，我迷上了写作。"莫泊桑说着，把自己的习作递上去，"老师，这是我的作业。"

福楼拜看完稿子，摇了摇头，对莫泊桑说："世界上没有两只苍蝇、两只手、两个鼻子是完全一样的，作家就是要找出它们的不同点,通过描写把它们区别开来。"

福楼拜指着稿子中的一段,接着说:"你这一段写的是火,可不同的树木烧出来的火焰各不相同。你没有认真观察,就不知道烧这些树木的火焰和烧别的树木的火焰有什么不同。"

莫泊桑低下了头,他心里清楚,这段描写的确是根据自己的想象编造出来的。

莫泊桑回

▲莫泊桑画像

去以后,就开始对生活进行认真的观察。他总是随身带个小本子,一遇到有趣的事情就记下来。

一天,莫泊桑在街上走着,走到一家杂货店门口。这儿人来车往,好热闹呀!他停住脚步,愣起神来。"哟喝!"车夫的一声吆喝惊醒了他,但他没有走,反而慢慢地在店门口坐了下来。

原来他选中了杂货店门口的热闹地段来观察生活。他掏出小本子,目不转睛地盯着这些车夫和马车认认真真地描写起来。

一天、两天、三天,莫泊桑在这家杂货店门口整整坐了三天,足足描写了 50 辆马车。

他描写的马车,每辆都不一样;他描写的马,每匹都不一样。由于观察仔细,马车与马车之间的差别,哪怕极其微小,他也能用一个极恰当的词,形容出每辆马车的特征。

通过这样执着认真的态度,莫泊桑后来终于写出了享誉世界的名著,成为法国一流的作家。

▲莫泊桑的故乡——诺曼底一景

爱因斯坦爱动脑筋

"他是个天才。""他的头脑一定与别人不同。"人们总爱这样谈论伟大的物理学家、相对论的创立者——阿尔伯特·爱因斯坦(1879—1955)。甚至有人想利用爱因斯坦的头发和其他一些遗物研究爱因斯坦的脑袋有什么特殊的地方。

▲年轻时的爱因斯坦

其实，爱因斯坦睁开眼睛来到这个世界上时，和其他孩子没有什么不同，甚至还有点迟钝。他3岁还不会说话，母亲还曾担心他有什么病。上学后，希腊文教师老是说他"笨"，爱因斯坦自己也回忆说："主要的弱点是记忆力差，特别苦于记单词和课文。"

但是，爱因斯坦也的确有他的过人之处，那就是爱动脑筋，任何现象

▲爱因斯坦的母亲

▲爱因斯坦的第一任妻子米列娃·玛丽克和他的孩子们

都要问个为什么，对任何问题都要寻根究底找出答案。

爱因斯坦 4 岁那年，父亲送给他一个罗盘。他晃动罗盘，让那根指针转圈，发现了一个有趣的现象：一旦停止晃动，指针就回到原处，始终指向北方。他又用手拨动指针，改变它的方向，手一松开，指针仍然指向北方。他百思不得其解，去请教父亲："爸爸，罗盘里的指针为什么总是指向北方呢？"父亲向他做了简单的解释，小爱因斯坦仍然茫然不解。父

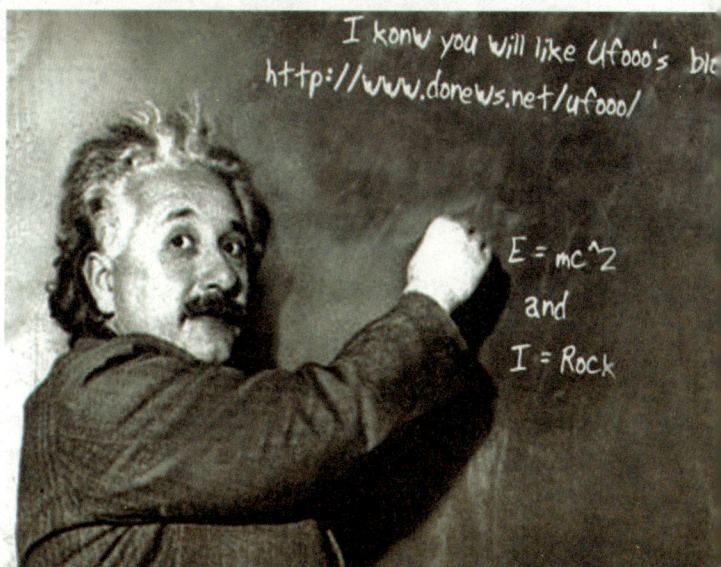

I konw you will like Ufooo's blo
http://www.donews.net/ufooo/

$$E = mc^{2}$$
and
$$I = Rock$$

▲爱因斯坦在讲课

▲爱因斯坦像

亲只好说："这个问题有很深的学问，等你长大了，有了足够的知识，就会弄明白其中的道理。"爱因斯坦望着父亲，迫不及待地说："爸爸，你现在就教我认字吧，我有好多好多问题还没有弄懂呢。"

爱因斯坦12岁那年，他的叔叔雅各布给他画了一个直角三角形，对他说："如果直角三角形的两条直角边为 A 和 B，斜边为 C，可以写出一个公式：$A^2+B^2=C^2$。这是著名的毕达哥拉斯定理，在古老的中国，叫勾股定理。在 2000 多年前，人们就会证明了，你试试看能不能证明。"爱因斯坦被这个问题吸引住了，整整 3 个星期，他睡觉不安稳，吃饭没味道。一有时间，他就坐在小桌旁，双手支着下巴，对着面前的纸笔深思，不时拿起笔来写写画画。思考终于结出了果实，他证明了这条定理，得到了叔叔的夸奖。

16 岁那年，他向同学们提出一个问题："如果人类用同光线一样的速度，和一束光线一起跑，他的眼睛里会看见什么呢？"

同学们回答不了这个问题，老师解答不了这个问题，他自己也想不明白这个问题。当人们对这个问题一笑置之，或讽刺为"专提怪问题"而不屑理睬时，爱因斯坦却始终没有停止过思索。这个问题的提出,本身就包含着相对论的萌芽。

　　爱因斯坦曾说过:"时间、空间,别人以为早就弄清了的问题,可是我一直没有弄清,所以我比别人钻得深些。"爱动脑筋,是爱因斯坦成功的秘诀之一。

▶ 爱因斯坦宣誓加入美国国籍

伽利略勤问不畏师

著名科学家牛顿有一句寓意深刻的话:"如果说我看得远,那是因为我站在巨人们的肩上。"他所说的巨人,首先指的是意大利著名物理学家、天文学家伽利略。

伽利略从小好学,又喜欢思考,17岁那年,就以优异的成绩考进了比萨大学医科专业。在同班同学中,他是年龄最小的。他喜欢提问题,常常要问为什么,不问个水落石出不罢休。他经常问班上的同学,可那些比他年长的同学的回答总不能使他满意,于是他就去找高年级的同学,可是,能够满足他求知欲的人也不多,因此那些功课一般的同学总是回避他,免得被他问倒难堪。

▲伽利略像

有一次上医学课,由比罗教授讲胚胎学。他讲道:"母亲生男孩还是女孩,是由父亲的身体强弱所决定的。父亲身体强壮,母亲就生男孩;父亲身体衰弱,母亲就生女孩。"

比罗教授照本宣科地讲完了,还向同学们扫视了一遍,只见伽利略露出疑惑的目光盯着他。比罗教授知道伽利略多疑好问,但他自以为自己这堂课讲得滴水不漏,又有讲义为据,因此主动问道:"同学们有什么问题可以提出来。"

比罗教授话音刚落,伽利略就举手说道:"老师,您说得不对,我有疑问!"

比罗教授看伽利略当着大伙儿的面,以肯定的语气说他讲得不对,有失师道尊严,便不高兴地说:"你提问题太多了!你是个学生,上

课时应该认真听老师讲，多记笔记，不要胡思乱想，动不动就提问题，影响同学们学习！"

"这不是胡思乱想，也不是动不动就提问题，而是应该问、必须问。我的邻居，男的身体非常强壮，从没有见他生过什么病，可他的妻子一连生了5个女儿，这与老师讲的正好相反，这该怎么解释？"伽利略没有被比罗教授吓倒，继续反问。

"我是根据古希腊著名学者亚里士多德的观点讲的，不会错！"比罗教授搬出了理论根据，想压服他。

伽利略继续说："难道亚里士多德讲的不符合事实，也要硬说是对的吗？科学一定要与事实符合，否则就不是真正的科学。"

伽利略的话说得明明白白，

▲ 1590年，伽利略在比萨斜塔以雄辩的事实证明"物体下落的速度与物体的重量无关"，得出了自由落体定律

比罗教授被问倒了，下不了台，他怒气冲冲地威胁说："我教你，还是你教我？你再胡闹下去，我就要处罚你！"

后来，伽利略果然受到了校方的批评。但是，他勇于坚持、好学善问、追求真理的个性却丝毫没有改变，正因为这样，他最终成为一代科学巨匠。

▲ 伽利略向人们证明自己的理论

"五官三废"的海伦

"假如你只有 3 天光明,你将如何使用你的眼睛? 想到 3 天以后,太阳再也不会在你眼前升起,你又将如何度过那宝贵的 3 天? 你又会让你的眼睛停留在何处?"从这些话里,我们可以感受到说话的人多么渴望光明,多么渴望有一双明亮的眼睛。

这个人就是美国著名女作家和教育家海伦·凯勒——一个创造了人类奇迹的盲人。

1880 年夏天,海伦·凯勒在美国亚拉巴马州的一个小镇降生。她是个活泼伶俐的小

▲海伦·凯勒像

女孩。眼睛大大的,眸子黑黑的,亮光闪闪。她的耳朵特别灵,裹在襁褓中的她,不管母亲在哪个方位呼唤,她都能转动小脑袋循声望去。而且,她很早就学会走路和说话了。

谁也没料到,19 个月后,小海伦患上了"猩红热",连续的高烧摧残了这个幼小的生命。退烧后,她什么也看不见了,什么也听不到了,什么读音也发不出来了。盲、聋、哑,五官三废,小海伦从此生

活在黑漆漆、冷清清的可怕世界里。她只能用摇头、点头和各种各样的手势表达自己的意思。当她的动作手势难以被人理解时，她是多么伤心烦闷啊，有时她急得扔掉妈妈买的玩具，甚至躺在地上打滚。海伦是个要强的孩子，她总是学习自己照顾自己。5岁时，她就学会了叠衣服，并且能凭手指的感觉，摸出哪几件衣服是自己的，把它们分开来放进自己的橱柜里。

▲海伦·凯勒，美国盲聋女作家、教育家

▲海伦·凯勒获英国格拉斯哥大学荣誉博士学位后的留影

7岁时，父亲给海伦请了一个家庭教师，名叫安妮·苏莉文，刚18岁。安妮老师既有办法又有耐心，她领着小海伦玩耍，在玩的过程中教海伦学单词。比如，当海伦玩洋娃娃时，安妮就在她的小手心里写"娃娃"这个单词，海伦好奇地跟着写。就这样，海伦学会了"蛋糕""杯子""鞋子""坐""站""走"等单词。

一次，安妮带海伦在压水机房喝水。当海伦触到清凉的水时，安妮老师连忙在海伦的另一只手心里写上"water（水）"。海伦跟着写了一遍又一遍,忽然有所醒悟:"原来这清凉无味的就是水啊。"由此她懂得了以前所学单词的意义,懂得了世上的东西都是有自己的名称的。

▲海伦·凯勒毕业

她用手点点安妮,安妮就在她的手心里写"老师";她又用手指了指自己,安妮就在她的手心里写"海伦·凯勒",海伦开心地笑了。从此,每碰到一件事物,她就主动地让安妮老师在她的手心里写单词,她也跟着一起写。只用了一个多星期,小海伦就学会写400多个单词了。

海伦8岁时,安妮带着她进了一所盲人学校。在这所学校里,海伦学会了读盲文书,学习英语、算术、地理和生物。知识在她面前展现出一个丰富多彩的世界。海伦极有耐心、极为认真地学着,她要在知识之树上摘取更多的明珠,来照亮自己面前的黑暗。

10岁时,海伦从书上读到挪威一个聋哑姑娘学会了说话,这给了她信心、希望和力量。她拉过安妮的手,迫切地写道:"我要学说话。"安妮请来萨拉小姐教海伦学说话。萨拉小姐让海伦把手指放进自己的嘴里,凭触觉感知她发音时舌头、嘴唇和牙齿的位置、形状变化,然后学着发音。小海伦一个个字母反复练习,学会字母再练拼单词。练习了两年多的时间,海伦终于说出了第一句完整的话:"今天天气热。"她用辛勤的汗水从上帝那儿争得了"发言权"。

后来,当海伦在各种场合发表生动流畅的演说时,谁也不敢相信她曾经是个哑孩子。

海伦16岁时,安妮老师陪她上了坎贝里奇女子学校。学校里的代数、几何、物理等课程都没有盲文课本,海伦全靠安妮在她手心上复述才记下和理解各科知识,其中的艰难困苦是常人难以想象的。这一切都没有难倒海伦,她的学习一直没落下,成绩越来越好。

凭着一股韧劲,在安妮老师的耐心帮助下,海伦完成了大学教育,学会了英、德、法、拉丁、希腊等国文字,写下了14部著作。她写的《我的生活故事》《我的老师安妮·苏莉文》《海伦·凯勒:她的社会主义时代》等书,被译成许多国家的文字,在全世界广为流传。海伦·凯勒赢得了全世界人民的赞扬和爱戴。

小高斯妙算惊起四座

▲高斯画像

又上算术课了。

上课的钟声还回荡在空中，同学们就已端端正正地坐在自己的座位上，一双双眼睛都瞪得大大的——今天老师又会出些什么题目呢？

算术老师是个典型的德国人，严谨且一丝不苟，脸上难得有笑容。可他上课却非常生动，常常会在课间给大家做些算术小游戏或小比赛，大家的学习兴趣可浓啦！

"今天，我们来做一个连加的算术比赛游戏。"果然，刚刚在讲台上站定，老师便开始宣布比赛内容："从 1 开始做加法，加 2，加 3……一直连加到 100，大家分头自己做，看谁第一个将答案告诉我！"

"这要加多长时间呀！"有几个同学小声嘟囔了几句，但大多数同学则拿出笔和纸，埋头刷刷地计算起来。

老师慢悠悠地在教室里踱着方步，不时瞟一眼学生，看看他们的进度。

突然，他发现高斯坐着没动。这个小高斯，平时机灵着呢！上课几乎不用教，他就能懂，而且常常会提出一些连老师都很难回

▲高斯的墓碑

答的问题。可此刻，眼看小伙伴们都一个个争先恐后地抢着计算，小高斯却眯缝着眼，呆呆地望着天花板，似乎在思考着什么重大的事情。

"55＋11＝66；66＋12＝78。"同学们已经计算到 12 以上了，可小高斯仍纹丝不动，根本没有动笔的意思。老师有些着急了！

"105＋15＝120；120＋16＝136……"进入三位数后，同学们的速度显然慢多了。

"190＋20＝210；210＋21＝231……"算得最快的要数小胖子亨利，平时除了高斯，数他功课最好，他已突破了 20 大关。

突然，高斯的眼睛放射出一丝兴奋的光芒，他举起了右手："等于 5050！"

"怎么回事？"老师张大了嘴，惊讶得一时合不拢。要知道，这个答案与他事先算好的完全一样。同学们也都不禁停止了计算。是啊，连最快的亨利也刚算到 25，这个高斯连算都没有算，竟已报出了答案。"莫非……对，再考考他！"

"那么，加到 20 是多少？"

"210。"高斯几乎是脱口而出。

"对！"听见小亨利一声轻呼。

"加至 50？"

"嗯——"小高斯略略迟疑了一下，答道："1275。"

"加至 80！"小伙伴们也来劲了。

"3240。"并没费多大劲，高斯张口就来。

"你怎么算的？"说实话，即使是老师自己算，还得花上半天工夫呢！

高斯恭恭敬敬地走上讲台，在黑板上写下一串式子：

$$1+100=101；$$
$$2+99=101；$$
$$3+98=101；$$
$$……$$
$$49+52=101；$$
$$50+51=101。$$

"100 个数连加，其实组成了这样 50 个 101，不就是 5050 了吗？

▲钱币上的高斯像

同样道理，假如我们连加到 200，则等于有 100 个 201，即等于 20100。"

"太妙了！"老师不禁用手重重地拍了一下讲台，失声叫道，脸上露出了难得的笑容。

其实，这对高斯来说只是小试牛刀。早在上小学前，小高斯就爱钻研思索，对算术有着浓厚的兴趣。据说，他 3 岁时就曾纠正过做泥水匠的父亲在计算工资时的错误。后来，他对代数越来越感兴趣，14 岁时就醉心于整数论的研究，并开始对平行公式进行怀疑，创立了非欧几何学。

他终生研究不止，所涉领域成果累累，终于成为德国的骄傲、人类历史上最著名的数学家和物理学家之一。物理学中的磁感应强度单位"高斯"，还是以他的名字命名的呢！

莫扎特技惊维也纳

▲莫扎特画像

1762 年秋季的一天，奥地利维也纳申巴龙夏宫门前，车水马龙，热闹非凡。皇室成员、贵族大臣、公子小姐成群结队地来到音乐厅，人们边走边议论：

"据说今天登台表演的孩子沃尔夫冈·莫扎特只有 6 岁，真了不起！"

"是呀，听人说他是神童，3 岁能听懂音乐，4 岁会弹琴，5 岁就能作曲了。""怕是有点儿言过其实。眼见为真，待会儿看他演出就知道了。"

舞台帷幕拉开了，走出两个孩子，姐姐安娜 11 岁，弟弟就是人们议论的中心人物莫扎特。姐弟俩向观众鞠躬致意后坐下来在钢琴上表演四手联弹。他们配合默契，乐声和谐流畅，赢得人们的阵阵掌声。随后，两个孩子各自表演个人节目。小莫扎特又是拉小提琴，又是弹翼琴（一种古钢琴），又是演奏管风琴，真是"十八般武艺，样样精通"。他表演的乐曲全都是音乐大师创作的名曲，难度极高，可是小莫扎特的演奏是那么得心应手，把全场听众带到五彩缤纷的世界中。有时如茫茫大海波翻浪涌，奔涌呼啸，峻急悲壮；有时如小溪流水，叮叮咚咚，欢畅明快；有时如冰下潜流，幽幽咽咽，抑郁哀伤；有时如鸟鸣春山，百转千回，优雅妩媚。每一支曲子奏完，全场都鸦雀无声，过了好久，人们才从沉醉中醒来，然后是暴风雨般的掌声。有人欢呼，有人跺脚，有人流泪，人们完全被这小天使的神奇演奏征服了。

表演完毕，人们仍不愿离去。一位绅士站起来说："好孩子，你小小年纪琴就弹得这样美妙，手法这样纯熟，真是难得，不知道你能不能不看琴键弹奏呢？"

"先生，您太夸奖我了。为了满足您的要求，请拿一块布来。"莫扎特彬彬有礼地回答。

▲莫扎特的故乡——奥地利萨尔茨堡。图为莫扎特故居大门

舞台管理员立即拿来一块白布，蒙住了键盘。小莫扎特双手伸到布下面，琴声又一次响起，依然像先前那样美妙，那样动人。

"不看琴键，不看自己手的动作，也弹得这样好，太棒了！"一个青年激动地说。

"这孩子只有6岁，我60岁了，也远远赶不上他呀！"一个老人摇头感叹。

"太可爱了，太可爱了，这孩子简直是音乐天使！"一位女士眼含泪花，喃喃自语。

▲莫扎特怀着郁郁的心情从此离开而再未返回过萨尔斯堡，故乡成了他心中永远的痛

音乐厅里一片欢腾，人们用各种各样的言语赞美莫扎特。

一位贵妇人又对小莫扎特提出要求："可爱的孩子，听说你4岁就能作曲，能为我们当场表演一下吗？"

"当然可以，夫人。请您出个题目吧。"小莫扎特从容地回答。

贵妇人出了题目。小莫扎特坐到翼琴旁，凝思片刻便手抚琴键，琴声流泻而出，生动准确地奏出了符合主题的旋律。全场观众掌声雷动，为小莫扎特的敏捷才思喝彩。

"神童！""神童！""真是名副其实的神童！"小莫扎特在维也纳这个世界著名的音乐之都连续举行了两个星期的音乐会，场场爆满，创造了空前的奇迹。从此，"音乐神童莫扎特"的名字传遍了维

▲莫扎特铜像

也纳,传遍了欧洲。

　　莫扎特生于 1756 年 1
月 27 日。父亲奥波里德·莫
扎特是奥地利萨尔斯堡的
宫廷乐师，小号吹得很出
色。小莫扎特受父亲的熏陶
和尽力栽培，再加上自己的
勤奋，很快就展现出超群的
音乐才能。莫扎特一生清
贫，只活了 35 岁。在他短暂
的一生中，他创作了 17 部
歌剧、49 部交响乐和许多
器乐曲，被人们称为"18 世
纪的奇迹"。

▲1763 年，只有 7 岁的莫扎特身处
巴黎，与父亲和姐姐一起演奏

巴尔扎克常思不平世

▲巴尔扎克

法国文学家巴尔扎克的童年，实在过得暗淡。照常理说，他父亲51岁时才结婚，他母亲比自己的丈夫小32岁，老父少母，应该对自己的孩子倍加爱怜。可是，这一对夫妻却并不那么关心孩子。

巴尔扎克出世还没满月，母亲就把他交给一个乳母去带，根本不加照料。等到小巴尔扎克4岁时，才被允许每星期回家一次，但母亲和父亲也是冰冷着脸，像对待乞丐一样，只给他一点食物而已。

巴尔扎克8岁了，已经到了入学的年龄，再住在乳母家就说不过去了。于是，这对狠心的父母把他送进城内的旺多姆小学住读，除了支付必要的费用，就什么也不管了。

旺多姆小学是一所教会学校，四周是石头砌成的高高的围墙，墙内是一棵挨着一棵的菩提树，葱葱茏茏，远远看去昏暗而又深邃。这所古老的学校，有着许多不合情理的规定：学生平时不许回家，家长没有特殊情况，不能前来看望孩子；学生稍有差错，老师可以进行体罚,甚至可以把学生送到黑屋子里关禁闭。

这种囚徒似的生活,对孩子们来说,无疑是一种残酷的精神虐待。而且学校的课程,又是那么乏味,除了学习法文、拉丁文、算术之外,就是进行教义的宣讲;此外,还要做那做不完的队列操练。

然而,即使如此,别的孩子还有父母的关心,他们的家人不时地前来问寒问暖,有的还给孩子送来营养食品。可是巴尔扎克犹如一个孤儿,谁也不来看他,甚至到了冬天连御寒的手套也没有,这使他感到无比痛苦。

有许多次,巴尔扎克坐在教室里,耳朵听着枯燥无味的讲课,头脑里不禁回想起在乳母家的情景:在城市郊外自由自在的生活,天空那样晴朗,空气那样清新,鸟儿在枝头鸣叫,鱼儿在水中嬉游……对比着眼前的禁锢生活,他不由得思索起来:为什么同是生活在上帝创造的世界里,围墙内外竟会有这样大的差异?为什么同是父母所生的孩子,各家的父母对待自己的孩子竟如此不同?

▲巴尔扎克故居庭院

正当巴尔扎克遥望窗外、出神凝思而忘了课堂上的一切时，拉丁文教师突然站在他的身边，大声喝斥他，他这才如梦初醒，回过神来。这一下，巴尔扎克逃不了严厉的惩罚了。按照这个教会学校的规矩，巴尔扎克走到教师的讲桌前，双膝跪下，然后伸出双手，让教师举起皮鞭抽打。

然而，严厉的鞭打只能伤害巴尔扎克的肌肤，却阻止不了巴尔扎克对人生的思索。

待到巴尔扎克进入四年级，他的语文知识已达到能够独立看书的水平时，他把所有的课外时间全用在了读书上。图书馆的一位管理员看到巴尔扎克小小年纪，这样爱好读书，对他特别喜爱，只要是巴尔扎克想借书，就为他提供方便，遇到图书馆购进新的书籍，也都先给他阅读。历史、哲学、文学……各种知识，他都如饥似渴地拼命学习。知识越是丰富，他对人生的问题越是思索得深入。

▲巴尔扎克故居内部

有一次，学校照例进行每周一次的领圣餐的宗教仪式，学生们排着长队，默默地走向祭坛，从神父手中接过圣餐。当轮到巴尔扎克时，他领了圣餐并不走开，而是神色庄重地向神父问道："都说世界上的万物是上帝创造的，那么请问神父，天下那么多的不公正与罪恶，又是谁制造的呢？"

　　巴尔扎克的问话,像一颗炸弹丢到了人群里,使得所有在场的人都大吃一惊,那位神父更是被激怒得满面通红,很久说不出话来。只见他扬起了右手指着巴尔扎克,颤抖着喊道:"快把这个魔鬼关进黑屋子里!快!快!"

　　其实,这并不是巴尔扎克第一次被关禁闭。在旺多姆小学,因为巴尔扎克敢于独立思考,常常会提出一些有关人间不平现象的问题,这里的神父早就把他看作异己分子,因此只要抓住他一点所谓的错误,就把他送到黑屋子里关禁闭。对于这种惩罚,巴尔扎克并不恐惧,他反而可以带上几本要看的书,安安静静地在里面阅读,并且做冷静的思考。

　　苦难的生活,往往可以给人以磨炼。面对着前人的智慧结晶,面对着各种文学名著,他终于立下志愿:长大之后,要用手中的笔,来写出这复杂的人间!

小第谷沉醉星星梦

▲第谷画像

1546 年，小第谷出生在丹麦斯坎尼亚省的一个贵族家庭里。第谷的伯父没有孩子，于是第谷父亲就把第谷过继给了伯父。

由于伯父的溺爱，小第谷虽然聪敏过人，但读书却不用功。眼见第谷已长到十多岁，仍是那样贪玩，不好好学习，伯父着急起来。原来伯父一心希望第谷长大后能当一名律师，像他的生父一样，成为一个有名望的人。

可伯父哪里知道，此时的第谷虽然学业上没有明显的进步，但他毕竟长大了，他不再像小时候那样糊里糊涂地一味贪玩，他已有了自己的向往、自己的奋斗目标，只是他的追求与伯父所期望的不一致罢了。

小第谷追求的是什么呢？这得从他 14 岁那年的 8 月说起。

1560 年 8 月，地方观象台预报本月 21 日在哥本哈根地区可以看见日食。这一天，小第谷果然看到了日食。当他亲眼看到明晃晃的太阳被月亮挡住的景观时，激动得喊了起来。尤其使小第谷感到不可思议的是,这神奇的天文现象居然是可以预测的!他决心去探索天文领域的秘密。于是他到处去借读有关天文学的著作,每当借到一本天文学著作,他就如饥似渴地细细阅读,借来的书上总是被画上许多线条或点上许多小圆圈。

书上的知识极大地丰富了第谷的视野,他越来越被天文学所吸引。除了看书,第谷每天晚上都跑到阳台上趴在窗台上观察星星,就这样持之以恒,小第谷居然还发现了许多天文学书上写错了的星星的位置。小第谷成了个地地道道的"星星迷"。

终于有一天,第谷的秘密被伯父发现了。

当伯父弄清这就是第谷不喜欢律师专业的原因时,又生气又着急,他十分果断地将第谷送到德国莱比锡大学,还请

▲ 第谷的观测仪器——象限仪

了一个非常严厉的家庭教师监视和管束他。第谷不忍心公开违抗伯父的意愿,但他对天文学的痴迷又使他无法放弃天文学。于是他悄悄地带上自己制造的天文仪器来到了莱比锡大学。

在莱比锡大学读书的日子里,每当夜深人静,人们都安然入睡,连那位严厉的家庭教师也发出了香甜的鼾声时,第谷就悄悄地起床,蹑手蹑脚地溜出房间去观察星星。无论是寒冬酷暑,还是寒风吹露水打,他都没有

间断过对天文学执着的追求。

第谷长大以后，果然成为著名的天文学家。丹麦国王还专门为第谷在一个叫费恩的岛上建立了一座天文观象台。第谷在那里工作了 20 年，为世界近代天文学做出了许多贡献。

▲位于哥本哈根附近的汶岛天文台，由第谷在 1576 年建立

安徒生苦恋文学路

《卖火柴的小女孩》《丑小鸭》《皇帝的新装》，这些童话故事，陪伴了一代又一代人度过童年。也许可以说，全世界会识字读书的孩子们，大都读过这些吸引人的故事。然而，它们的作者——丹麦著名童话作家安徒生（1805—1875）少儿时代坎坷不平、历尽艰辛的境遇，人们也许知道的不多。

▲安徒生画像

1805 年 4 月 2 日，安徒生出生于丹麦古老的小城奥登塞。他的父亲是鞋匠，母亲是洗衣妇，全家挤住在一间低矮阴暗的小屋里，在贫困中度日。

父亲很疼爱安徒生，时常陪着他玩，给了他温暖和抚爱。这个酷爱文学的鞋匠常常给儿子讲《一千零一夜的故事》，念丹麦喜剧作家荷尔堡的剧本，读莎士比亚的戏剧片段，贫苦的父亲给了安徒生最初的文学启蒙。可是命运之神却在安徒生 11 岁时夺走了他亲爱的父亲，把他一家逼进绝境。

　　父亲死后,全家的生活只能靠母亲洗衣服的收入维持。冬天的奥登塞河河水冰冷,母亲仍然要去给别人洗衣服。安徒生看着寒风吹乱母亲的头发,冰水浸红母亲的双手,疼在心头。

　　艰难的生活迫使母亲改嫁,继父不喜欢安徒生,在孤独和寂寞中,他只好与木偶为伴。他用碎布片给木偶缝制不同身份人物的衣服,让它们表现自己所理解的世界。为了儿子的前途,母亲想方设法送安徒生上学,希望他识几个字后,再去学裁缝。

　　安徒生不愿当裁缝。14岁那年,首都哥本哈根的一个剧团来到奥登塞,他看了演出后,对戏剧产生了浓厚的兴趣。小时候父亲种下的艺术种子被唤醒了,他决心到哥本哈根去做一个演员。

　　哥本哈根迎接我们这位未来作家的不是鲜花,而是遍地荆棘。

　　他先拜访一位全国闻名的女舞蹈家,想学跳舞,被婉言谢绝了;又去一个剧团要求当演员,经理说:"你太瘦了,在舞台上不像个样子。"搞不成艺术,肚子可不能饿着,他只好去给一个木匠当学徒。没多久,木匠说他个子小力气弱,干不了这个活儿,把他辞退了。

　　他又去拜访音乐学校的教授要求学唱歌。这一回老教授倒是赏识他的嗓

▲安徒生塑像

▲安徒生故居

音,让他留了下来。可谁知这年冬天太冷,衣服单薄的安徒生不断地感冒咳嗽,嗓子嘶哑了,失去了唱歌的条件,他只好走出音乐学校的大门。

后来,他去皇家剧院谋了一份勤杂工的工作。不管怎么说,还算与艺术结了点缘。他一边干体力活儿,一边揣摩上演的戏剧,熟悉了戏剧艺术。他边干活儿,边抽时间写了个《阿芙索尔》的剧本,被一家出版社看中,发表了其中的一场。皇家剧院的导演科林看出这个穷苦少年的天分,要求剧院拿出一笔资金送安徒生去一所学校深造。

在学校里,安徒生如饥似渴地读书。他一有时间,就到学校的图书馆阅读歌德、席勒、海涅、拜伦和其他许多作家的作品。可是,学校校长是个庸俗处世的人,他瞧不起穷孩子,更看不起安徒生用群众口语写出来的作品,他没完没了地挑剔、指责、讥笑安徒生,迫使安徒生离开了学校。

安徒生租了一间阁楼住下来,夜以继日地练习写作。功夫不负有心人,哥本哈根几家有影响的报纸、文学期刊相继发表了安徒生的诗和幻想游记的片段，获得了广泛的好评。这样一来，出版商们也主动找到他的阁楼，要求出版他的作品。他写的一部新喜剧也在皇家剧院上演。

这个以顽强毅力克服无数艰难的穷孩子，终于走进了文学殿堂。

▲安徒生照片

才智过人的罗斯福

▲罗斯福

打破惯例，连任四届美国总统的富兰克林·罗斯福，以他在反法西斯战争中的显赫功绩确立了自己在美国和世界历史上的地位。1882年，罗斯福出生于美国纽约一个显贵家庭，他在童年时代就展现出过人的才智。

罗斯福刚刚懂事，就表现出十分敏锐的观察力。有一次，他问妈妈："妈妈，人与人之间为什么不相同呢？"

"孩子，你说说有什么不相同？"

"您瞧，女老师见了我们总是低眉顺眼，厨师和仆人见了女老师也是恭恭敬敬，但他们又不愿和农场的工人平起平坐。这样看来，人与人之间的地位不是有很大的不同吗？"

▲罗斯福签署文件

▲雅尔塔会议中的"三巨头"，左起：丘吉尔、罗斯福、斯大林

"孩子，这就是等级。我们天生就是上等人，你要明白这一点。"等级观念浓厚的母亲这样说。

小罗斯福嘴上没说什么，心里却仍是疑惑不解。

母亲千方百计地想用贵族的传统方法培养小罗斯福，可小罗斯福总是巧妙地抵制。例如，他对必修的钢琴和画画就不感兴趣，经常找借口逃避。他尤其反感去教堂，

▲罗斯福墓碑

▲日本偷袭珍珠港，拉开了太平洋战争的序幕

每到礼拜日，他总是在前一天晚上就用头疼脑热等种种理由，告诉母亲他第二天不能去做礼拜了。久而久之，母亲发现了儿子发病的规律，开玩笑地称之为"星期日头疼症"。

小罗斯福的记忆力特别强。有一次，母亲给他念书，他却趴在沙发上漫不经心地摆弄着集邮册。母亲严厉地批评说："读书要专心致志，你这样散漫，注意力不集中，怎么能读好书呢？"

"妈，您说错了。您刚才念的书我已经背下来了，不信，您听——"罗斯福接着一字不漏地将母亲所念的章节背了出来。末了，他不无骄傲地说："我若是不能同时干好两件事，就会感到羞耻。"

家里先后给罗斯福请了两位家庭女教师，都因为罗斯福天资太高，感到无法继续教他，时间不长就辞职了。罗斯福长大后提到这件事时，用开玩笑的口吻说："我把第一位女教师逼进了精神病院，把

第二位女教
师逼得早早
出嫁了。"
　　罗斯福
并不是一个
因为聪明就
放弃学习的
孩子，相
反，他特别
勤奋，10 岁
左右就手不
释卷地阅读
一些连大人
也感到枯燥
的严肃书
刊。他不是
靠权势和骄

▲1943 年 1 月，罗斯福(左二)及丘吉尔(右一)在北非卡萨布兰卡与自由法国的吉罗德(左一)及戴高乐(右二)会晤，商讨盟军作战计划

横逼得女教师辞职，而是凭自己的学识和能力。

富兰克林排字读书两不误

本杰明·富兰克林，不仅是一位杰出的政治家、美国独立运动的领导者之一，而且是一位伟大的科学家。是他在人类历史上第一次揭开了雷电之谜，发明了避雷针。在电学、数学等领域，富兰克林都做出了卓越的贡献。可是，又有多少人知道这位科学巨匠少儿时所经历的种种艰辛呢？

富兰克林从小家境贫困，只读了两年书就失学了，12岁时到一家印刷厂当学徒。被迫辍学的富兰克林并没有失去求知的欲望。他不满足于当一个机械式的排字工，不像其他人那样只满足

▲富兰克林

于检字排版，交差了事，而是把排字当作学习文化的好机会。他一边排，一边识字辨义，尽力领悟文稿的内容。有一次，他在排一篇文稿时，发现里边有这么一句："领受此类官的大官们……"他觉得文理不通。他联系上下文思索，认为这个句子应改为："领受此类爵位的大官们……"他在原句边做了记号，等作者校对时向他提出来。作者向富兰克林连连称谢，并向在场的人说："这位小排字工人能看出文稿的错误，的确难得，是个有心人。"

小富兰克林不但在排字中学习，而且抓紧业余时间读书。他有几个小伙伴分别在几家书店当学徒，富兰克林就向他们借书读。为了按时把书还给人家，他有时通宵不睡，读到疲倦的时候，就用冷水洗洗脸，然后继续读，直到读完为止。他每次都按时把书还给朋友，

朋友们也就乐意借书给他。他读了一本又一本,从不间断,伙伴们怀着敬佩的心情称他是"读书迷"。

随着读书多了,知识丰富了,小富兰克林萌发了写作的冲动。有一次,富兰克林看到一本刊物《旁观者》,发现里面的文章很好,就买了下来。他自己在认为很好的段落下做上记号,逐段逐段地背诵。几天后,他模仿原文的风格写出一篇文章,然后把自己写的与原文比较,发现缺点后,再动手修改。当时富兰克林的哥哥办了一份报纸,他每天都阅读这份报纸,把它的栏目、风格烂熟于心,很想按这份报纸的要求写写文章,但他不想凭哥哥的关系拿去发表,想来想去他终于有了办法。

一天早晨,富兰克林的哥哥在报社门口发现一篇文章,署名陌生。读了这篇文章后,他感觉不错,就在报上刊登了出来。

隔了两天,他又在报社门口发现与上次署名相同的文章,仍感到不错,又给发表了。

这样的事情发生了几次后,富兰克林的哥哥很诧异:"这人为什么要把文章偷偷放在报社门口呢?这里有什么隐衷吗?"他决定弄个水落石出,他每天躲在附近等待投稿人出现。这天一大早,他发现一个青年来到报社门口,放下了一个信封。他猛地走出来,两人一照面,他惊讶地叫起来:"弟弟,原来是你!"

▲富兰克林,美国政治家、科学家、作家

富兰克林低下头说:"哥哥,请原谅我。我这样做,是想检验一下自己的能力。"

"棒极了,我的好弟弟!"哥哥拍着富兰克林的肩膀高兴地说。

这一年,富兰克林才14岁。

卡门成了神童之后

我国宋代有个神童叫方仲永，5 岁就能作诗。他父亲利用儿子的特长，拉着他东家进，西家出，四处拜见有钱的人家，在他们面前表演，讨几个赏钱。由于没有继续受教育，这个神童几年后成为一个普普通通的人，连那点可怜的诗才也消失了。

在美国，有个叫冯·卡门的神童，他父亲的观念与方仲永的父亲完全不同，所以卡门和方仲永的结局也有天壤之别。

一天，6 岁的卡门和哥哥一起做数学作业，小卡门飞快地写着，也没见他打草稿，一会儿就做完了。他合上本子，在地上蹦了一圈，又伸过头看哥

▲冯·卡门像

哥做题。哥哥正在演算"325×126"，草稿还没算到一半，小卡门却脱口而出："等于 40 950。"哥哥不相信，说："瞎猜什么，让我算下去。"可是算了老半天，结果却正是弟弟说的那样。哥哥感到奇怪，说："你大概是碰巧猜中了，我再出道题你算算。924×926 等于多少？"卡门略一思索，答道："等于 855 624。"哥哥笔算验证，完全正确。

"奇迹！奇迹！简直是奇迹！"哥哥拉着弟弟的手惊叫起来。

叫声惊动了他们的父亲和母亲。他们问道："出了什么事吗？"卡门的哥哥把刚才的事告诉了他们。

母亲激动地说："啊，了不得了，我们的儿子成了神童啦！"

还是父亲冷静："你先别嚷嚷，这可能是碰巧，随便就叫神童，这对孩子不好。"

"爸爸，你可以考考弟弟再下结论也不迟。"卡门的哥哥说。

"好吧，就依你说的办。"父亲说，"冯，你听好，我这道题是四位数乘四位数，1 567×1 632 等于多少？"

小卡门想了一下，答道："等于 2 557 344。"

父亲又出了一道五位数的题："18 876×18 876 等于多少？"

小卡门又很快报出答案："356 303 376。"

父亲花了很长时间验算，证明小卡门的答案完全正确。他也感到惊奇，兴奋地说："想不到冯的心算能力竟这样强，简直不可思议！"

全家都为小卡门的神算而高兴。哥哥突然冒出一个主意："弟弟只有 6 岁就算得这么快，怕是世上少有。如果我们让他登台表演，一定能吸引很多人。这样既可以赚钱，又使弟弟出名，不是很好吗？"

妈妈立即响应："这主意不错，我们就该这么办。"

"决不能这么

▲1950 年，冯·卡门获美国空军协会大奖

▲第二次世界大战结束前夕,钱学森随冯·卡门率领的科学考察团赴德国考察,在哥廷根与空气动力学家 L·普朗特会面。这是师生三代会见的一个有意义的时刻

干!"父亲态度严肃,语气坚决地说,"这样做的确可以名利双收,但是把冯这样难得的好苗子像马戏场的猴子一样推向舞台取悦观众,会毁了他的。"

父亲的话使母亲和哥哥哑口无言。他转身拉过小卡门,温和而又恳切地说:"好孩子,你还只有 6 岁,懂得的知识还很少。我们这个世界很大,人类几千年的知识积累很多,再加上当今科学技术的飞速发展,够你不断学习和探索的了。你会心算,证明你的确有天分,但比起人类社会的知识积累,这只能算是一种小技巧。如果你不好好学习,不掌握更多的知识,你这点小技巧、小聪明是没有多大用处的。"

小卡门听着父亲的教诲,眨巴着眼睛,说:"我不要登台表演,我要读书,我要学习更多的知识!"

父亲亲吻他的前额,欣慰地说:"对,这才是我的好儿子!"

在父亲的严格要求和指导下,小卡门认真扎实地学习各科知识,沿着正确的方向迅速成长。

冯·卡门长大后在航天技术方面做出了杰出的贡献,成为蜚声世界的科学家。

卓别林五岁登台

▲卓别林

提起卓别林，人们便自然想到他主演的影片里的那个流浪汉形象：穿一条鼓鼓囊囊的裤子，蹬一双大皮鞋，拿一根黑手杖，戴一顶圆顶礼帽，长着一撮小胡子。他的一举手一投足，显得那么可爱，给观众带来了欢笑，而他的遭遇却常常引出观众同情的眼泪。

查里·卓别林，1889 年出生于英国伦敦一个喜剧演员家庭。由于父亲的影响，他从小就喜爱上了表演艺术，希望能像父母那样做一名喜剧演员。一个偶然的机会，使当时年仅 5 岁的卓别林登上了舞台。

一天晚上，卓别林的母亲在演出时，嗓子突然哑了，遭到台下观众的嘲笑、讽刺，不得不离开舞台。舞台掌管又急又气，在看到了幕后的小卓别林时，他灵机一动，决定叫卓别林上台顶替。因为他以前曾看到过卓别林当着许多人的面表演，而且相当精彩。

卓别林在一片混乱嘈杂声中被掌管带到前台，介绍给观众。全场顿时安静下来。面对着台上耀眼的灯光和坐满观众的剧场，他放开喉咙无拘无束地唱起了家喻户晓的歌《杰克·琼斯》。他唱得美妙动听，唱到一半，人们就在掌声中把钱币像雨点似的扔到台上。

"我必须先拾起钱，然后才可以接着唱下去。"小卓别林停止歌唱说。

他天真可爱的举动惹得观众大笑。舞台掌管帮他拾起钱币，他才继续唱下去。

卓别林唱完一支歌后，又和观众对话，还应观众的要求表演舞蹈。当他唱起母亲常表演的《爱尔兰进行曲》时，故意模仿母亲有点儿沙哑的嗓音，不想观众大为欣赏，给他送来雷鸣般的掌声。

卓别林更加无拘无束地表演下去，边唱边舞蹈，这一夜的演出十分成功。卓别林幼年丧父，这次演出后不久，母亲又患上了神经病。年幼的卓别林被人送进孤儿学校，在那里他尝够了饥寒交迫的滋味。7岁后，他离开孤儿学校，成了一个流浪儿。后来，他当过杂货店伙计、玩具小贩、医生的小佣人、吹玻璃的小工人、卖报的报童……

▲周恩来总理在日内瓦会见卓别林

尽管经历了无数的生活磨难，但他始终想当一名喜剧演员。后来经人介绍，他终于如愿当上了演员。从此，他把毕生精力都奉献给了表演艺术，一生一共拍了80多部影片，以其精湛的演技，赢得全世界观众的喜爱。

▲卓别林的晚年生活其乐融融，图为他与夫人、孩子在一起

居里夫人智答督学

波兰华沙,1877年冬天的一个上午。刚下过一场大雪,光秃秃的树枝上堆满积雪,寒风凛冽。雪光把一所私立女子学校的教室映得明晃晃的。教室里,一个 25 岁的女孩儿安静地坐着,眼睛一刻也没有离开面前的历史书,她读得多么专心啊!

这时的波兰已被沙皇俄国、奥匈帝国和普鲁士三个侵略国瓜分,国家灭亡,华沙由俄国占领。俄国沙皇命令不许波兰孩子学习他们自己国家的语言和历史。但是,正直爱国的老师们冒着危险,瞅准机会让学生学习波兰语和波兰历史。

▲居里夫人像

这个班的孩子中有个叫玛丽的小姑娘,刚满 10 岁,长着一头漂亮的金色卷发,是全班年龄最小、成绩却最优秀的学生。这时,她被历史书深深吸引住了。突然一阵铃声传来,玛丽惊醒了,"是报警的铃声吗?"她惊疑地想。"嘟……嘟……""嘟、嘟",铃声两长两短,是的！果真是报警的铃声。

玛丽和她的同学们迅速地把课本塞进抽屉，拿出剪刀、尺、绣花针和布，慌慌张张开始绣花。

这时，教室的门开了。督学霍恩伯格，这个身穿黄色制服、面孔呆板、身躯肥胖的俄国小官吏，装着大人物的样子，迈着八字步晃进了教室。

▲居里夫人在专心致志地做实验

"督学先生，"老师上前打招呼，"我的学生正在学习手工制作。"

"你们的小学生还读一些什么？"督学查问。

老师将手里的一册俄文书递了过去，说："他们学习俄语、法语，还读童话。"

督学点点头，推开教师的书，傲慢地说："我要向这些孩子提几个问题。"

他指着坐在前排的玛丽说："你站起来，用俄语背主祷文。"

玛丽默默地站起来，低声背诵着，小心地不流露出任何感情。

"俄罗斯帝国的小公民，你叫什么名字？"督学问。

玛丽垂下头，轻声做了回答。

"告诉我，玛丽，谁是我们的元首？"督学追问。

玛丽脸色苍白，咬紧嘴唇，不吭声。

"嘿，想不到你还是个波兰小爱国者！"霍恩伯格向前跨了一大步，大声命令："回答我！"

"全俄沙皇亚历山大二世皇帝陛下。"玛丽低微的声音在发抖。

"你为什么这样愁眉苦脸的，是不愿回答我吗？"霍恩伯格蛮横地纠缠。

教室里的气氛紧

▲居里夫妇在实验室做实验

▲1995年，居里夫人的骨灰被安置在先贤祠，法国人民向这对为科学事业做出伟大贡献的夫妇表达了最诚挚的敬意

张极了，老师和同学们都为她捏了一把汗。玛丽这时倒镇静下来，悲痛地说："先生，我失去了母亲，怎么能不伤心呢？"说完，眼泪断了线似的流下来。

霍恩伯格只好悻悻地走开

了。他哪里知道,在每一个波兰人心目中,失去了祖国就是失去了母亲。

这个聪明勇敢的小爱国者就是后来杰出的女科学家、镭的发现者居里夫人。

▲索邦神学院教堂。它是巴黎大学里最古老的建筑之一,居里夫妇就是在这里创造了科学奇迹

小培根的信念

一天，英国女王伊丽莎白来到她的大臣尼古拉·培根的家里，尼古拉带领全家热烈欢迎女王。很快，女王对这位大臣的小儿子弗兰西斯·培根产生好感，她把天真活泼的小培根拉到面前，抚着他的小脑袋问："你今年多大啦？"

"尊敬的陛下，我比女王这幸福的朝代小两岁。"小培根回答得机智巧妙。

▲培根，英国哲学家，现代实验科学的始祖

女王听了，不由得眉开眼笑，连声赞扬："好孩子，你真聪明！真聪明！"并吩咐尼古拉常带小培根到王宫里去玩。

从这以后，小培根时常跟着父亲出入宫廷。他聪明过人，懂事机敏，那些出人意料的谈吐深得大臣们特别是女王的喜欢。女王很喜欢和他谈话，常常用一些问题考他，而他的回答既出人意料，又合情合理。因此，女王称他为"小掌玺大臣"。

然而，小培根并不是为王权而生的，他将担负起开拓近代西方文明的使命。

他在 12 岁时，就被父亲送进剑桥大学三一学院读书，跟着院长辉特基夫特博士系统地研究亚里士多德的逻辑学和形而上学，以及圣·托马斯的神学。当时，英国正在迅速发展生产力，朝着工业

革命的目标前进。人们运用科学技术开采矿石、冶炼金属、制造机器。小培根在未入学之前就感受到英国前进的步伐,阅读了许多当代人的科学著作。可是,学校教给他的却是如何用古代哲学家亚里士多德的理论去证明神学"真理"的成立。对这死气沉沉、毫无意义的学科,小培根极为反感。

一次,教师给学生们布置了一道讨论题:在一根针尖上同时可以容纳几个神跳舞?

同学们有的查《圣经》,收集例证;有的翻古希腊的史书和神话传说,找旁证资料;有的摘录亚里士多德的言论,寻求理论依据。

只有小培根冷眼旁观,他对这可笑的问题不屑一顾,捧着一本关于采矿和冶炼技术的《烟火书》,在一旁专心阅读。

讨论开始了,同学们引经据典,争论得非常热闹。小培根坐在那里,一言不发,嘴角挂着讥讽的笑。最后,老师指名要培根发言。

培根站起来说:"老师,针尖就是针尖,除了能缝纫,上面什么也没有,如果亚里士多德可以证明针尖上能站几个神,那么他不是愚人就是疯子。"

小培根的话使同学们目瞪口呆,气得老师甩掉书本离开了教室。

培根在剑桥大学住了3年,对剑桥的学科设置十分反感,他认为英国的这种教育制度有害,对亚里士多德派学者不顾现实、虚耗精力探讨那些空洞的、脱离现实的理论表示蔑视。这个15岁的少年在对旧观念的批判中树立起坚定信念:"我要把人类对自然的知识重新组织起来,以便利用它来改善人类的处境。"

培根生于1561年,活了65岁。他为自己少年时立下的壮志奋斗了一生,成为17世纪最伟大的思想家之一。

人们在培根以观察和实验取代思想推理的思想影响下,钻研科学技术,改善人类物质生活,使科学技术在近代得到飞速发展。

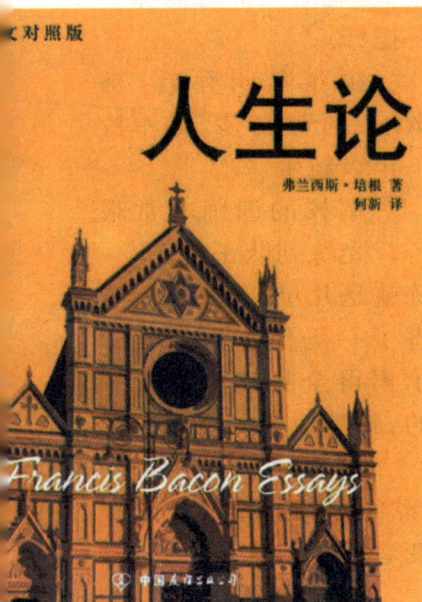

▲中国友谊出版公司出版的培根的《人生论》封面

马歇尔刀尖显英杰

▲乔治·马歇尔

1897 年 9 月的一天中午，美国弗吉尼亚军事学院的操场上围着许多人。人群中，一个脸色苍白的少年光着上身，凌空蹲在刺刀上。这个少年看上去快支持不住了，两腿发颤，但他仍紧锁眉头，紧握双拳，苦苦地支撑着，围观的人都为他捏了一把汗。

少年名叫乔治·马歇尔，刚满 16 岁，是军校一年级新生。

军校的训练非常艰苦，光练列队正步走，一练就是几星期。开学前刚得了一场伤寒病的马歇尔累得全身就像虚脱似的，腿都迈不开了。可他居然都咬牙坚持了下来，还得了个"A"。

可是对刚入学的新生来说，比训练更难熬的是高班生的偷偷捉弄和欺侮。他们常常让新生去清扫厕所，还变着法子刁难新生，在学校里耀武扬威，趾高气昂。

这天中午，几个高班生在操场上闲逛着，正巧看到马歇尔，叫道："喂，小子，过来！"

"干嘛?"

"你敢和我们打赌吗?"说着,其中一个人拿出一把明晃晃的刺刀,刀尖朝上地插在沙坑里:"你敢在上面蹲10分钟,我们输你10块钱。"

"不赌。"说完,马歇尔转身就走。

"哈哈哈,别看他平时训练成绩好,其实是个胆小鬼。"

"谁是胆小鬼?"马歇尔被激怒了,"赌就赌,我蹲完了你们蹲,敢不敢!"说完,拉开马步,对着刀尖蹲了下去。

然而,这是一个大病刚愈又操练了一个上午的疲劳之身啊!

此刻,马歇尔虚弱的双腿抖得更加厉害,脸上渗出了密密的汗珠,但他绝不退却。

一分钟、两分钟、三分钟……马歇尔的脸色白得像纸。突然,他头部一阵晕眩,双腿一软,身子一歪,一下子倒了下去。

"啊——"同学们一阵惊呼,扑上前来。马歇尔的大腿早已被刺刀划破,血流如注了。那几个高班生,也吓得不知溜到哪里去了。

第二天,马歇尔跛着腿又出现在操场上,默默地完成着各种动作,没有张扬。同学们都佩服极了,那几个高班生再也不敢来找麻烦了。

凭着坚强的毅力和优异的成绩,一年后,马歇尔当上了学员分队长;两年后又被任命为全校学员大队长。毕业后,他开始了戎马生涯,并成为美国陆军五星上将。在第二次世界大战期间,他指挥800万美军协同盟军在全世界辽阔的战场上同法西斯作战,并赢得了伟大胜利,为世界和平民主事业做出了贡献。

▲美国陆军参谋长乔治·马歇尔

59

夏洛蒂·勃朗特画像

勃朗特姐妹勤练笔

三个 10 岁左右的小女孩各捧一本书，围坐在一张小桌子旁读着。读书的时间长了，她们都感到有些疲倦。小妹妹安妮最先耐不住，站起来在屋里蹦了一圈。大姐夏洛蒂（1816—1855）伸伸腰对两个妹妹说："艾米莉、安妮，咱们来玩游戏，好不好？"

"玩什么游戏呢？"安妮歪着小脑袋问。

"编故事，咱们每人各编讲一个故事好不好？"二妹艾米莉（1819—1880）提议。

大姐、小妹都表示赞成，三人各自沉思起来。

不一会儿，大姐夏洛蒂抬起头说："有了，我来讲一个安格里亚王国的故事。从前……"艾米莉接着虚构了一个贡达尔王国的传奇，小妹则叙述了一个北极探险家的离奇经历。

这是 19 世纪初英国的一个偏远山村，村里住着牧师勃朗特一家。夏洛蒂、艾米莉、安妮，是牧师勃朗特的三个女儿。牧师收入微薄，生活清苦，但曾在剑桥大学读过书，知识渊博的老勃朗特与文明的中心仍保持着广泛联系。他订阅了大量书报，能及时了解外部信息。他爱好文学,家中收藏了不少文学作品。

勃朗特姐妹在父亲的教育下,年纪很小就开始识字读书。家里生活贫苦,三姐妹很早就承担了许多家务劳动,烤面包、洗衣、做饭,她们都主动去做。干完家务活,姐妹们就找来父亲的书报阅读。读书累了,她们就自找乐趣,玩起文学游戏。她们有时凑在一起编故事,有时比赛朗诵诗歌,有时表演戏剧。她们编的故事中,有些人物是真实的,如惠灵顿、拿破仑;有些是虚构的,如上述的安格里亚王国和贡达尔王国。她们一天接一天地把这些故事往下编,从政治、战争、阴谋讲到爱情。可以说,她们共同创作了一系列长篇的口头文学。

后来姐妹们不满足于口头创作了。艾米莉提议把要讲的先写成文字,于是姐妹三人开始了最初的文学练笔。平时,她们一边干活,一边在心里构思故事情节。特别是艾米莉,她的衣袋里总是揣着一截铅笔和一页小纸片。干活过程中,她有时会突然停下来,掏出纸和笔,把脑子里刚涌现出来的情节、语句和细节一一记下来。她知道,这些东西犹如闪电,稍纵即逝,如不及时捕捉会溜得精光的。

三姐妹各自用极小的字写成了许多像名片一样大小的书。单是夏洛蒂一人留下来的就有100多篇。

少年练笔也许算不上文学作品,但却铺平了她们的文学道路。勃朗特姐妹后来以7部小说和一部诗集闻名于世,其中,夏洛蒂的《简·爱》、艾米莉的

▲勃朗特姐妹家乡的约克教堂

《呼啸山庄》以其深刻的思想和突出的艺术成就,在世界范围内产生了很大的影响。

乔丹没能进校队

在美国北卡罗来纳州一所中学的布告栏里，张贴着校篮球队员的名单，同学们围着看。迈克尔·乔丹也挤了进来，他从左看到右，从上看到下，就是没有看到自己的名字。

"奇怪，怎么没有迈克尔·乔丹的名字呢？"有个同学也发现了这个问题。

▲迈克尔·乔丹

▲篮球之神——迈克尔·乔丹

"我看也不奇怪，他去年在校队打得不是很出色嘛。"另一个同学接过话题。

乔丹受不了同学们的议论，悄悄离开人群。这一整天，他心灰意懒，上课没精神。下午放学后，他急急忙忙跑回家，饭也不吃，钻进自己的房间里，关上门，扑倒在床上，忍了一天的泪水像断了线的珠子一样，打湿了枕头。家里人不知道发生了什么，都束手无策。

乔丹从小喜欢打篮球，上中学后，成了校队队员。在高中一年级，可能是课

▲2003年全明星赛后的新闻发布会上，乔丹摊开双手，微笑着告诉所有人，这一次全明星赛，是他最后一次

▲乔丹背对着自己刚刚征服了的长城，不禁感慨中国文明的博大与神秘

▲对乔丹而言,篮球是第一位的,但在他退役之后,家庭无疑成为他生活的核心

业紧张,他参赛的成绩不是很理想。念高二后,校队整顿,教练把他除名了。

这事给乔丹带来极大的震动。他后来对人说:"那时我维一的心愿就是进入校队,"可这愿望落空了。乔丹在哭了一场之后,进行了深刻的反思。"我最喜欢篮球,现在连篮球也打得不好,还能干好其他事吗?"他自己责备自己。

"从什么地方跌倒,就从什么地方爬起来,这才是真正的男子汉!"那天半夜,乔丹辗转反侧之后终于作出了最后的结论。

第二天早晨,乔丹照例起床跑步、练球。

那年的常规赛季结束时,乔丹鼓起勇气,请求教练允许他随校队一起坐车去观看地区锦标赛。他对教练说:"我只是想去看看别人怎么打球。"教练犹豫了一下,最终还是答应了,但有个条件,就是乔丹要为校队队员携带球衣。

这个夏天，乔丹每天坚持长跑，按时到球场自个儿训练。他回忆教练讲的每一个动作要领，反反复复地练。在烈日暴晒下的操场上，他不知流下了多少汗水，就这样，他的球技迅速提高。

他的精神和成绩终于获得教练的认可，第二年，他终于重新加入校队。

这位美国职业篮球运动员中出类拔萃的后卫、国际男篮的超级明星，就是从这次除名中成长起来的。

▲经过整整 15 个赛季不知疲倦的征战，他为 NBA 和整个篮球运动书写了新的注解，也给所有的球迷带去了最值得回忆的精神享受。他已经不只是一个取得了辉煌成绩的篮球运动员那么简单，他已经成为一个超级偶像、一个价值的符号、一个不朽的传奇

爱迪生围镜救母危

爱迪生和小伙伴们在屋外玩耍。

爱迪生的父亲急匆匆地走来，对儿子说："你妈妈突然生病了，肚子疼得厉害，我去镇上请医生，你快回家去！"

爱迪生听到这个消息后，心口怦怦跳，赶紧回家去。

他的母亲双手捂着肚子，"哎哟哎哟"地呻吟着。

"妈妈，你怎么啦？"爱迪生带着哭腔问。

妈妈用痛苦的眼神看了儿子一眼，没有力气回答儿子。

爱迪生慌乱地倒了一杯水，送到妈妈面前，妈妈摇摇头，不想喝。

爱迪生伸出小手，想替妈妈揉揉肚子，妈妈连忙艰难地挪动了一下身体，避开了儿子伸过来的手。"肚子疼得这么厉害，不能用手碰啊！"

爱迪生不知怎样帮助母亲才好，在屋里屋外跑进跑出，焦急万分地盼望医生快点来。

在通往小镇的道路上，爱迪生终于看见两匹马飞奔过来，骑在前面那匹马上的是父亲，

▲少年爱迪生

▲爱迪生像

医生在后面紧跟着。

爱迪生转身往屋里跑，边跑边喊："妈妈，医生来了！医生来了！"

妈妈的眼里闪现出一丝宽慰。

医生检查后，诊断爱迪生的妈妈患的是急性阑尾炎，必须立即动手术。

医生打开随身带着的小箱子，刚准备取出手术器械，却突然像触电似的缩回了手。医生发觉了一个糟糕的情况，他苦恼地说道："屋子里太暗，无法动手术！"

▲1877年爱迪生发明了留声机

爱迪生的父亲立即回答："点灯，我点上煤油灯！"（当时没有电灯，爱迪生长大后，才由他发明了电灯。）

医生摇摇头说："煤油灯的亮光不够！"

医生急得搓着双手，思索着解决的办法。

爱迪生也在思索……突然，他高兴地对医生说："先生，请准备手术！"爱迪生说完，一阵风似的跑出了屋。

不一会儿，爱迪生与他的小伙伴们，抬着借来的四面大镜子，安放在妈妈的床铺四周，每面镜子前点燃一盏煤油灯。煤油灯的亮光由镜子反射出来，使得整个屋子都很亮堂。

手术顺利完成，妈妈得救了。

▲爱迪生的故居

华盛顿分苹果和砍樱桃树

华盛顿像

乔治·华盛顿（1732—1799）是美国第一任总统，被美国人誉为"战争时期的第一人、和平时期的第一人和人民心目中的第一人"。

他出生于弗吉尼亚州威斯特摩兰县的一个种植园主家庭，祖上原是英国移民。他的父亲奥古斯丁·华盛顿有较高的知识和道德修养，很注重在日常小事中培养孩子良好的道德品质。他先后两次结婚，有七个孩子，小乔治上有两个异母兄长，下有三个弟弟和一个妹妹。

乔治5岁那年春天的一天，有人给了他一只苹果。在春天，苹果是稀罕的东西，小乔治捧着红通通、香喷喷的苹果，恨不得一口吞下去。他正张口要咬，耳边忽然传来父亲的声音："乔治，把苹果分成几份，让你哥哥和弟弟们各吃一份。"

乔治停下动作，愣了一下，兴奋的小脸蛋上现出不乐意的神色。

"孩子，兄弟之间要互相爱护，有福同享。把苹果分给他们，也就是分给他们每人一份爱。你爱他们，他们也爱你。少吃一点苹果，却得到兄弟们的爱，这有多好啊！"父亲望着乔治，和颜悦色，不厌其烦地开导，并许诺："只要你把苹果分出来，到秋天，我就送给你许多苹果。"

小乔治听从了父亲的劝说，拿起小刀将苹果平分给兄弟们。

为了兑现对儿子的许诺，奥古斯丁特地在自己的庄园附近买下一片苹果树林。这年秋天，苹果成熟了，满园果实累累。一天，奥古

▲1789年4月30日在纽约的老市政厅举行的华盛顿总统授权仪式

斯丁牵着小乔治的手来到苹果园，指着压满枝头的苹果说："孩子，你还记不记得春天分苹果的事？那时我说秋天会送给你许多苹果，你瞧，这满园的苹果，你可以随意挑选。"

小乔治惭愧地低下了头。过了一会儿，他对父亲说："爸爸，请原谅我！今后我会懂得怎样去爱别人的。"

小乔治和一般孩子一样，既充满好奇心，又爱动。6岁那年的一天，他到种植园玩耍。种植园里，有的工人在给果树松土、施肥、浇水；有的工人在给果树除草整枝。

▲华盛顿与家人在一起

▲美国国会大厦

小乔治这里看看，那里瞧瞧，觉得干活真是有趣，很想亲自尝试一下。忽然，他发现一棵树下有柄小斧头，便拿过它举起来向一株小树砍去。"咔嚓"一声脆响，小树应声而倒。

"哈，真过瘾！用斧头原来并不难。"小乔治得意洋洋。

"糟糕，乔治，那可是你父亲最珍爱的樱桃树呀，被你砍断了，他一定会很生气的。"一个工人对乔治说。

中午，父亲回家后，发现自己心爱的小樱桃树被砍断了，果然很生气，大声问工人："是谁把樱桃树砍断的？"

工人们谁也不敢吱声。小乔治深深吸了口气，然后站出来说："爸爸，树是我砍的，不关工人们的事。我不知道它就是樱桃树，当时我只想试试我能不能使用斧子。"

父亲凝视乔治片刻，说："做错了事，你说该怎么办？"

"我愿意接受惩罚。"乔治诚恳地说。

奥古斯丁一下抱起儿子，欣喜地说："孩子，你砍了我的树，可你又用自己的诚实行为一千倍地偿还了我，我怎么会惩罚你呢！"

▲1781年的华盛顿

海明威不馁战强手

▲海明威

海明威是一个闻名世界的美国大作家。他从小就爱好书籍,9岁时就曾废寝忘食地阅读过著名学者达尔文的科学著作,他的学习成绩在学校里也是数一数二的。但海明威从来就不是一个只知道埋头读书的"书蛀虫"。他3岁时就学会了钓鱼,10岁时他就能扛着一把和他人一般高的猎枪去打猎。他还是学校田径队的主管、篮球队的队长,同时,他又是学校水球、步枪射击俱乐部和管弦乐队的队员。和许多孩子一样,他也调皮捣蛋,并且是个出了名的"小胡同里的野孩子"。那时候,医院急诊室里的医生都认识他,因为他是他们那里的常客:一会儿他的腿跌断了,一会儿手摔坏了,一会儿头撞破了,一会儿他脸又蹭伤了……医生们简直拿他没办法。

然而,海明威却并没有因此而收敛他那无拘无束、勇敢好斗的个性。他在14岁时,不顾妈妈的极力阻拦,在爸爸的支持下,居然又爱上了一项最危险的运动——拳击。

海明威立志要让自己成为一个强者。他很小的时候就朦朦胧胧地知道了生活是属于强者的。他曾经亲眼目睹这样一件事:一条蛇经过了一场殊死搏斗,吞下了一条比它身体粗一倍的蜥蜴。蛇的临危不惧的勇气和坚韧不拔的耐心给了他极大的启发,他觉得这是大自然赐予他的教益。他认为,要想在生活中取得胜利,就应该不怕危险,把自己锻炼成为一个强者,而蛇的这种勇气和耐心正是作为一个强者的标志。为了培养这种勇敢,他曾经只身到蛮荒的森林里去狩猎;为了培养这种耐心,他曾经在一块一英里见方的土豆田里数过害虫。现在,他又选择了拳击运动,他相信拳击场能使他成为一个这样的强者。

▲年轻时代的海明威

海明威,这个 14 岁的少年,信心百倍地走上了拳击场。

教练给海明威安排的第一个对手是一个受过专业训练的重量级拳击运动员,这个运动员后来还曾和拳击冠军们较量过高低。他很欣赏海明威小小年纪就敢于同他对垒的勇气和冒险精神,于是答应在这堂拳击教学训练课中绝不对海明威施用重拳。

打斗开始了。首次登上拳击台的海明威精神抖擞,斗志旺盛,凭着一股子初生牛犊不怕虎的冲劲,一上来就狠狠地朝对手出击了……然而,还没等他明白过来是怎么回事,他的下巴上就挨了对手的一记勾拳,"啪"的一下便仰天摔倒在了地上。可他只是稍稍愣了愣神,就又一跃而起,朝对手勇敢地冲了过去……但片刻之间,他又被击倒了,这一回是他的腮帮子挨了一记直拳。他躺在地上,两眼直冒金星,可他还是一跃而起,向对手发起了一次新的冲击……但这一次他仍然失败了。就这样,击倒、跃起……他的脸上和身上已经不知道挨了对手多少拳,但这一次次的失败却丝毫没有使他丧失勇气,他甚至根本就不认为这是失败。此时此刻,他心中只有一个信念:冲锋,冲锋!

这正是一种临危不惧的勇气。

这正是一种坚韧不拔的耐心。

战斗异常激烈,这几乎成了一场真正的拳击比赛。周围的观众都惊呆了,他们不明白这个乳臭未干的少年哪来的这股子不畏强、不怕死的劲头。而海明威的对手——那个职业拳击运动员面对着这个不甘示弱的少年,竟也忘了这只是一堂拳击教学训练课,忘了他先前许下的不施用重拳的诺言,他把海明威当成一个与他势均力敌的对手了……终于,在挨了一套重重的组合拳之后,海明威躺倒在地板上再也起不来了。他的鼻子被打破了,眼眶被打肿了,脸上青一块紫一块,溅满了鲜血。

他的一个朋友跑过来安慰他说:"你的对手太强了,被他打败……"不料海明威打断了他的话,斩钉截铁地说:"我没有被他打败,我只是被他击倒了!""你不怕吗?"那个朋友又问他。"当然怕,"海明威回答说,

▲正在创作的海明威

"他太厉害了。""那你为什么还要打?""因为他吓不倒我!"海明威说,"只要我还能站起来,我仍然会打下去的!"

果然,仅仅隔了一夜,第二天,海明威带着满脸的伤,又登上了拳击台……他也许还会被一次次击倒,但谁又能说他不是一个强者——一个生活中的胜利者呢?

后来,海明威借他笔下的一个人物之口,说过这样一句话:"一个人是不能被打败的,除了自己打败自己。"他自己正是这样的人。

▲卡帕拍摄的海明威父子

高尔基苦读忍毒打

▲高尔基

高尔基十来岁时，在一户人家干活。

一天，女主人吩咐高尔基："你去烧水，水烧开了送过来。"

高尔基灌满了一壶水放在火炉上，又往炉膛里添进几块劈柴，将火炉烧得旺旺的。然后，他坐在火炉旁，等候水烧开。

他刚坐了一会儿，就觉得这样干坐着傻等，白白浪费时间，实在太可惜了。

他拿出书来，专心地阅读着。

突然，"啪"的一声脆响，高尔基的背不知被什么东西猛击了一下，立即像有无数枚钢针刺进皮肉，疼痛异常。

他急忙回头，只见身后站着女主人——不，站着一个凶神！

不容高尔基躲避，这个狠毒的女人又举起手中的木柴，再一次狠狠地打在高尔基的背上。于是又响起了那撕心裂肺的一声"啪"，高尔基的背部更加钻心地疼痛，额头上冒出了豆大的汗珠。

狠毒的女主人吼叫："看书！谁叫你看书？"

高尔基夺路狂奔，才摆脱了狠毒的女人。

可是，背部一阵阵的剧痛，折磨得高尔基坐也不是站也不是，哭也不管用、喊也不管用。他痛苦万分，实在忍受不了了。

高尔基偷偷地到医生那儿去。

医生看见高尔基步履艰难地走进屋，忙问："怎么了，哪儿不舒服？"

高尔基痛苦地指指背部。

医生一看高尔基的背部，不禁倒吸了一口凉气，知道这是被毒打的伤，便问："谁下的毒手？"

高尔基诉说了自己被毒打的经过。

医生一面听着，一面动手治疗。

高尔基背部的皮肉里，扎进了许多柴刺。医生小心翼翼地将柴刺拔出来，拔完将药涂在伤口上。然后，他将拔出来的几十根柴刺递给高尔基，义愤填膺地说："你可以带上这些柴刺去控告女主人！"

于是，高尔基手里托着柴刺，对女主人说："我现在带着柴刺去控告你！"

▲高尔基和罗曼·罗兰

▲莫斯科高尔基博物馆

女主人慌了，拦住高尔基说："只要你不去控告我，你提什么条件我都答应！"

高尔基说："你允许我干完活以后读书，我就不去控告你！"

"好好好，我答应！我答应！"

高尔基获得了工余时间读书的权利，勤奋地吸取着知识。

亚历山大驯烈马

▲亚历山大雕像

公元前 344 年秋季的一天，天气晴朗。在马其顿城的一座广场上，军鼓阵阵，号角震天。士兵们围绕广场排成整齐的行列，马枪林立，战士们的铠甲、头盔和矛尖在艳丽的秋阳下熠熠生辉，场面雄浑壮观。随着一声"国王陛下驾到"的呼声，马其顿国王腓力二世在众多随从的簇拥下，登上广场看台。他今天是来检阅自己创造的"马其顿方阵"的。

紧张的检阅完毕后，腓力二世很高兴，下令开展一项娱乐节目。他让随从牵来一匹健壮的骏马，又抽出一把亮光闪闪的宝剑，高声宣布："这是我派人买来的一匹未经驯服的烈马，谁能驯服它，我就把这柄宝剑赐给谁！"

国王手下那些久经战场的将领们一下来了劲，都争着喊道："让我来！""让我来！"要知道，如果能得到国王陛下的宝剑，那是多大的荣耀啊！国王指定卫队长先试。

卫队长兴奋地跑到广场中央，勒住马缰绳，纵身飞跃，潇洒地跳上

▲亚历山大的老师——亚里士多德

马。可是，还没等他得意的微笑消失，那烈马一声长啸，前蹄腾空，乱蹦乱跳，一下就把卫队长摔倒在地。

全场哄动。卫队长是马其顿军中一流的骑手，他都被摔下来，可见这马性情的刚烈。又一名将领上场，结果摔得更惨。一个个将领都试过了，全都以失败告终。腓力二世心里很恼火，这么多将领竟然驯服不了一匹马，对他也不是一件光彩的事。他把宝剑插进鞘里，用低沉的语调命令："把马牵走吧。"

"父王，请留下马，让我试试。"突然，一直站在腓力二世背后观看的一个少年迅速转到国王面前，跪地说道。他是国王的儿子，12岁的亚历山大。

"这些将军们都没有办法，难道你能驯服得了？"

"如果您允许的话，我一定能驯服它！"

"行！既然你有胆量和信心，就上吧！"

正当满场惊疑的时候，生性好斗的腓力二世竟爽快地答应了爱子的请求。

小亚历山大大踏步走向烈马，抓住马缰绳，调转马头面向太阳。聪明的亚历山大刚才观看时已经发现，马在阳光下害怕自己的影子。亚历山大又轻轻地抚摩马背，那马依然竖起前蹄，开始打转。小亚历山大勒紧缰绳，始终让马头对着太阳。它折腾了一阵子，小骑手依然稳稳地坐在马背上。烈马无可奈何，忽然撒开四蹄，箭一样奔驰而去，顷刻间消失在人们视线的尽头。腓力二世这时也有些焦急了，全场紧张得像窒息了一般，异常安静。

"回来了，小王子回来了！"随着一声惊呼，人们发现亚历山大驾驭着烈马，风驰电掣地奔回来了。人和马风一般卷到看台前，小骑手轻抖马缰绳，这匹已是汗流浃背的烈马服服帖帖地停下来，全场一片欢腾。腓力二世激动地把宝剑亲自送到儿子手里，亲吻他的前额，祝贺儿子成功。

公元前338年6月，腓力二世率军出征，他要用自己创造的"马其顿方阵"征服希腊。临行前，他对儿子说：

"孩子，我已经老了，打不了几天仗了。你留下来好好操练新的阵法，今后好继承我的事业。"

谁知16岁的亚历山大却反问："父王，您为什么不能让给我一点呢？"

"你这是什么话？"

"父王，这一回您出征雅典，下一次又要出征波斯、印度，照这样下去，世界全给您一个人征服了，我还有什么事可干？"

"好儿子，有志气！行，这次你就跟我一起出征吧。"

腓力二世任命亚历山大为马其顿军队副统帅，从此亚历山大开始了他辉煌的远征。他征服希腊、埃及、波斯，进军印度，建立起一个横跨欧、亚、非大陆的亚历山大帝国。

▲亚历山大与波斯作战图

普希金醉心写诗

▲普希金像

距彼得堡不远的皇村学校的一间教室里，正在上数学课。老师讲了一个公式，又解了一道例题，举目环视教室，突然喊道："普希金！"一直埋头在写着什么的普希金（1799—1837）大吃一惊，如梦中醒来。老师说："你来演算一道题。"普希金悻悻地走上讲台，在黑板上胡乱写一些公式。

"结果怎么样？X 等于什么？"老师有些不耐烦了。

"等于零。"普希金勉强回答。

同学们哄笑起来。

"上课不用心听讲，你躲在下面写什么？拿给我看看。"

"我，我……"普希金无奈地返回座位拿出一卷纸交给老师，说："我在写诗。"

数学老师气极了，拉开教室门，伸长手臂，做出一个"请"的姿势，说："普希金，在我这门课上你的一切结果都是零。你既然这样爱写诗，那么，

◀《上尉的女儿》封面
上海译文出版社出版的普希金长篇小说

▼普希金故居

就请你出去写你的诗吧！"

普希金只好离开教室。事后，几个调皮鬼编了一首顺口溜传唱：

普希金在读什么？
请你赶快拿给我！
立即滚出教室去，
不能让他课堂坐！

普希金的确太爱写诗了，这是他幼年时养成的习惯。亚历山大·谢尔盖耶维奇·普希金，1799 年 6 月 6 日

▲普希金雕像

生于莫斯科郊区的一个贵族大地主家庭。他小时候最爱听保姆讲俄罗斯的民间故事，稍稍懂事，就跟着家庭教师学会了法文。八九岁时，他常常独自一人躲到书室里阅读俄国和法国的小说、诗歌，有时甚至通宵达旦。10岁左右，普希金已经开始写诗了。上了皇村学校后，他对诗已经完全着了迷。课间休息时，同学们都跑出教室嬉笑追逐，普希金仍坐在座位上，沙沙地写他的诗。上课时，灵感突至，他也就不顾老师讲什么，低头记下那些新颖别致的长短句。这天终于被数学老师发现了，出了个"等于零"的洋相。尽管如此，普希金对诗歌的执着追求一点也没变，他读诗、写诗，一天也没停止。

1814年，普希金将一篇《致诗友》的诗稿寄给彼得堡《欧罗巴导报》。导报编辑、大诗人茹科夫斯基对这首才气横溢的诗极为赞赏，立刻决定发表。当他得知作者是个15岁的中学生时，非常惊讶。他亲自到郊外皇村学校拜访这位"少年才子"。这一老一少诗心相通，变得非常融洽。拜访回来后，茹科夫斯基意犹未尽，提笔给诗友维亚赛姆斯基写信，叙述了这次"愉快的拜访"，并说："这是我们诗坛的希望。我们必须联合起来，共同帮助这位未来的天才成长。"

普希金的才华终于得到专家的认可。从此，茹科夫斯基常常独自一人或邀上几个诗人、作家去探望普希金。在老一辈诗人、作家的关心、指点和扶持下，普希金勤奋学习，精心创作。他的诗在一天天长进、成熟。后来，普希金先后花了8年时间写成长篇叙事诗《叶甫根尼·奥涅金》，被俄国著名文学批评家别林斯基赞为"俄国生活的百科全书"。

▲普希金话剧院

托尔斯泰读诗

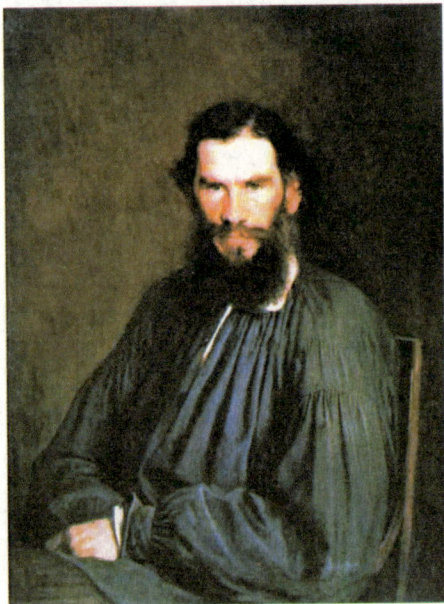

▲托尔斯泰

一天,8岁的列夫·托尔斯泰(1828—1910)正在房间里玩耍,父亲手拿一本文选走过来。

"列夫,来读读这本书。"父亲喊。

小托尔斯泰接过文选,翻到普希金的诗,兴趣十足,铿锵地读起来。

"好,列夫,你读得真好!来,再

▲军旅生活中的托尔斯泰

读一次。"父亲对儿子极为投入的语调和表情感到惊奇。他把小托尔斯泰的教父——C.N. 雅斯柯夫从另一个房间叫出来,让儿子当着教父的面读普希金的诗。

这次,小托尔斯泰撇开文选,背诵了他喜爱的普希金的两首短诗《致大海》和《拿破仑》。他在朗读这些诗时表现出来的激情使父亲感到惊异。

▲ 莫斯科托尔斯泰故居博物馆

"一个8岁的孩子,能这样深刻理解普希金的诗,把思想感情表达得这样恰如其分、淋漓尽致,真是奇迹!"教父感叹道。

"的确不错,我亲爱的儿子!"父亲的语气里充满了幸福感。

小托尔斯泰对语言艺术的领悟力是从小逐渐养成的。

托尔斯泰1828年8月28日诞生于俄罗斯的一个乡村——雅斯纳雅·波良纳。他在这里度过了一生中最美好、最纯洁,充满欢乐与诗意的童年时期。那茂密的森林和美丽的花园,那辽阔的田野和富饶的草地,那春日的轻云,那透明的、弥漫着和煦阳光、散发着花草芳香的空气,常常使小托尔斯泰目醉神迷,孕育了他心中最早的诗情。成年后的托尔斯泰曾宣称:"我——就是大自然。"

不仅如此,小托尔斯泰从降生的那一天起,就被置于俄罗斯美丽的民间艺术的氛围里。托尔斯泰虽然出身于世袭的贵族之家,但由于他父亲的人道主义精神,使他的家庭与农奴的关系和一般平民一样能和睦相处。这使小托尔斯泰能广泛接触当地人民的生活。他总是和农奴的孩子们一起玩耍,如有一年冬天,30来个农奴的孩子打扮一新,跑进托尔斯泰家的宅院里,和他一起做各种游戏,一起跳舞。他们经常一起去听一位盲说书人讲故事,小托尔斯泰被那些精彩的故事深深感动。所以,童年时期的托尔

▲ 托尔斯泰像

斯泰在没有读普希金和其他诗人的诗篇以前，就熟悉了许多民谣、童话、传说、壮士歌。托尔斯泰后来在日记中写到，人民"有着自己美妙的、无法加以模仿的文学，这不是虚假的货色，它发自人民的内心。"

还有，托尔斯泰的父亲是个自己爱读书又鼓励孩子读书的人。他收集了许多图书，其中有法国古典主义作品、历史著作和自然著作。小托尔斯泰从能识字开始，就和父亲共同拥有这些书，常是搬起书来就忘了吃饭。

这一切培养了小托尔斯泰杰出的审美能力和艺术感受力，因而他 8 岁能深

▲ 湖南文艺出版社出版的《安娜·卡列尼娜》封面

刻领会普希金的诗也就是自然的了，只是他粗心的父亲平日没有留意罢了。

小托尔斯泰童年时表现出来的文学天赋，在成年后结出硕果。如今，托尔斯泰的《战争与和平》《安娜·卡列尼娜》《复活》已是世人皆知的名著。

▲ 托尔斯泰墓

玻利瓦尔打官司

被南美各国人民称作"南美的解放者"和"南美的华盛顿"的玻利瓦尔，1783年出生在委内瑞拉首都加拉加斯的一个地位显赫的富有家庭。

玻利瓦尔在兄弟姐妹中排行第四。两岁半时，年迈的父亲因病去世。母亲去世那年，两个姐姐先后出嫁，年幼的玻利瓦尔和他的哥哥只好由外祖父负责抚养。

外祖父已是风烛残年，重病缠身，为防万一，便立下遗嘱，指定玻利瓦尔的二

▲玻利瓦尔像

舅胡安·弗利克斯和三舅埃斯特万为小兄弟俩的监护人。一年后，外祖父病逝，由于三舅埃斯特万远在西班牙，所以只好由大舅卡洛斯做玻利瓦尔的代理监护人。卡洛斯是个单身汉，思想狭

▲位于北京市朝阳公园国际友谊林的西蒙·玻利瓦尔铜像

▲加拉斯加议会大厦壁画
描绘了1819年，玻利瓦尔把新格拉纳达（现在的哥伦比亚）从西班牙统治下解放出来的决定性交战

隘，性情粗暴。他对这个闯进他生活的小外甥这也看不惯，那也瞧不上眼，小玻利瓦尔时常胆战心惊地忍受大舅的斥责。卡洛斯无妻无室，为了照顾自己的产业和一些其他原因，时常离开加拉加斯，只剩下孤苦伶仃的玻利瓦尔和那所空荡荡的大房子作伴。玻利瓦尔忍无可忍，在12周岁的头一天，趁卡洛斯外出的机会逃走，跑到姐姐那里请求收留。姐姐听了弟弟的诉说，心里愤愤不平，将这事告到法庭。法庭因监护

▲玻利瓦尔画像

人和代理监护人都不在，所以只好下令让玻利瓦尔暂时住在姐姐家。卡洛斯回家后听说此事，极为恼怒，反控姐姐唆使幼童出逃。于是，两家开始了一场激烈的诉讼。

在法庭上，年仅12岁的玻利瓦尔面对着威严的法官和满堂听众毫无畏惧，清楚明白、准确无误地陈述了自己出逃

的前因后果，要求脱离卡洛斯的监护。他义正词严地对法官说："作为自由人，法庭可随意处置我的财产，但不能随意处置我的人身。"玻利瓦尔的话赢得了在场许多人的赞赏，他们给予了玻利瓦尔称赞和鼓励的掌声。但法庭却无视这个少年的正当要求，最终裁决让玻利瓦尔回到监护人身边。

玻利瓦尔虽然没能脱离卡洛斯，但这场官司迫使卡洛斯对这个外甥刮目相看，他再也不敢欺压和蔑视玻利瓦尔了。玻利瓦尔回来后，卡洛斯立刻为他请了个叫罗德里格斯的青年教师。这个有思想、有才能、细心诚实的年轻人成了玻利瓦尔的良师益

▲玻利瓦尔翻越安第斯山

友。他不但教给小玻利瓦尔知识，也教给他把尊严和礼貌融为一体，怎样宽容地对待别人，为玻利瓦尔日后的政治活动积淀了优良的思想道德素质。

▲玻利瓦尔故居

哥伦布出海战风暴

▲哥伦布像

在意大利北部，有一座美丽的海滨城市，叫热那亚。热那亚的海滩好热闹呀！常常有渔民和水手们在那儿休息、闲聊。这时候，总有个蓝眼睛的孩子，仔细地听着渔民或水手讲捕鱼的事情或航海中的惊险故事，这个孩子叫哥伦布。这些故事使他入迷，他想："我长大以后，也要驾着大船，在广阔的大海中航行。"

▲塞维利亚大教堂，哥伦布之墓

有一次，他到船上做客。他登上驾驶舱，双手叉腰，神气十足地说："升起帆，保持航向！"逗得水手们哈哈大笑，从此他有了"未来船长"的绰号。

哥伦布爱大海，他努力学习涨潮落潮、风云天象和航海技术知识。有一次，他瞒着家人偷偷跟着一艘渔船出海。茫茫大海，一会儿风和日丽，一会儿恶浪排空；海面有成队的海鸥在翱翔;海里有成群的鱼儿在追逐……大海多么使他着迷啊!

一个渔民和他开玩笑说:"你不怕大鲨鱼吃了你?"哥伦布回答说:"不怕,你们不是没给鲨鱼吃掉吗?"

哥伦布看着一网网的鱼被拉上来,他兴奋异常,忙东忙西,从船头到船尾,跑个不停。

忽然,他发现西方的天边,好像有鱼鳞一样的白色的小球状的云,排列成群,

▲哥伦布环球航行船模型——桑塔玛丽亚号

由西向东慢慢移过来。他从书上学到过,这是风暴的预兆。

哥伦布,模仿着船长的样子,大声命令:"下午三时左右,将有风暴,准备进港避风。"

渔民们一开始以为他在胡闹,等他讲明道理后,船老板也点头了。但是这儿鱼多,老板贪图着多捕点鱼,一网又一网,耽误了时间。

在捕了满满一船鱼以后,渔船才向港湾行驶。途中,海上起风了。

▶哥伦布雕像

一团乌云像黑色的魔鬼在天空狂奔起来，成群的海鸥在低空乱窜，海浪越涌越高，船身在大海中猛烈地颠簸摇晃起来。

雨哗啦啦，越下越大，天空也越来越黑，大海、苍天，一片昏暗。渔民们降下了所有的帆，船老板对哥伦布说："孩子，你去船舱里躲躲吧！"

哥伦布说："不，我是'未来的船长'，我不怕风暴。"他坚持在甲板上，和渔民一起与风暴搏斗。终于，船驶进了港湾。渔民们夸他："像真正的船长一样勇敢。"

长大后，哥伦布真的在航海事业上做出了伟大的功绩，他4次横渡大西洋，发现了加勒比海内所有的岛屿，发现了中美洲海峡的南美洲大陆。南美洲的哥伦比亚共和国就是用他的名字命名的。

▲哥伦布像

▲哥伦布出海时的情景

法拉第的阁楼实验室

▲法拉第

在英国伦敦的一条街上，一天，一个卖报的小孩走过，被一位先生紧紧抱住了。小报童吓了一跳，那位先生亲切地说："我永远有一颗热爱报童的心，因为我小时候也当过报童。"这个人是谁呢？他就是世界著名的物理学家和化学家法拉第。

法拉第出生在英国一个铁匠家里，12岁就进了里波先生开的铺子当小学徒。这个铺子经营书籍装订、出租报纸（因为那时很少有人订报，都是租报看）。因此，不管刮风下雨，法拉第都要走大街串小巷，在伦敦城里奔跑。他把报纸送到客户手上时，总要趁客户看报的间隙自

▲晚年的法拉第

93

已也读一小段报，凡是遇到看不懂的地方，他就向人请教。一年来，他识了很多字，已经能看懂报纸了。

法拉第手脚勤快，聪明伶俐，里波先生很满意，就让他住在店堂楼上的小阁楼里，学习装订书籍的手艺。他学得很快，又非常勤奋，装订手艺很快就赶上了师父。

他以前送报的时候偷空读报，现在装订图书，他更不放过了。他第一次看的是《一千零一夜》的故事，有趣神奇的故事把

▲法拉第画像

他迷住了。

从此，每一本经过他装订的书，他都要仔细地读一遍。每天晚上收工以后，法拉第就坐在工作台前，聚精会神地看书。他边看边记，看到好的插图，还临摹下来。

一天晚上，他正看得入迷，一会儿发笑，一会儿皱起眉头，里波先生进来，他一点都没有发觉。里波先生看着他的傻劲，笑出了声。笑声惊动了法拉第，他回过头，窘得脸通红。他心里想，这回准得挨一顿

▲法拉第与夫人

骂。里波先生是个好心肠的人，他不但没生气，胖胖的脸上反而笑出两个酒窝，说："读吧，爱读什么就读什么。订书匠只管书的外表，可是你知道书里的内容，那没有什么坏处。"

法拉第碰上这样好心的老板，心里乐开了花，他更加孜孜不倦地读书。最使他入迷的是《大英百科全书》和《化学漫谈》。

法拉第已经知道一根玻璃棒在毛皮上摩擦几下就能吸起纸屑，这就是"电"。《大英百科全书》还说，可以把电贮存起来，贮存多了就可以"啪"地一下放出火花，像天上的雷鸣、闪电一样。哈，自己可以制造隆隆的雷声，耀眼的闪电，化学太神奇了！他渴望着实验，弄懂这些科学道理。可是，实验要有仪器和药品，穷学徒哪来的钱呢？法拉第并不灰心，他抽空到药房去捡人家扔掉的小瓶子，用省下的零用钱买一点便宜的药品和小瓶子，兴冲冲地把小阁楼装备成实验室。书上说，贮电瓶和充电机要两个大玻璃瓶，可他捡的瓶子

▲法拉第是英国物理学家、化学家，也是著名的自学成才的科学家，是电磁场理论的奠基人

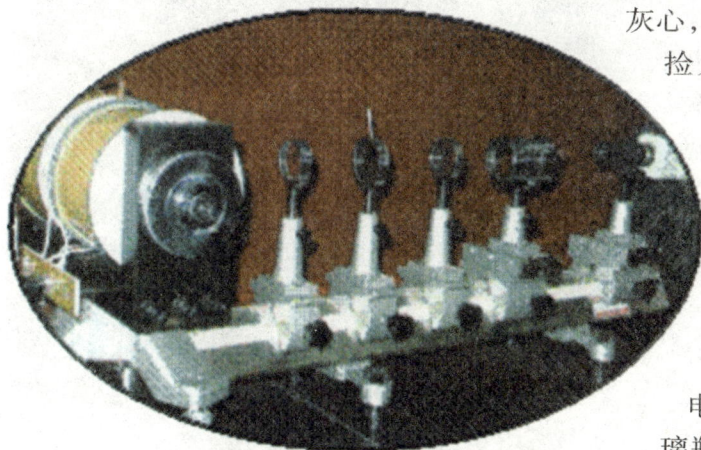

▲法拉第的塞曼效应综合实验仪

太小了。在一家旧货铺里，他看到了合适的大瓶子。他一点点把钱攒起来，每天都去看看这两个瓶子还在不在。终于有一天，他买到了这两个大瓶子，像捧宝贝一样把瓶子捧回阁楼。

每天晚上一下工，法拉第就钻进那间阁楼实验室，点上一支蜡烛，开始做实验。他面前摆着一个本子，里面用工整的小字抄录了《大英百科全书》和《化学漫谈》上的电学和化学实验。书上说把锌放到盐酸里，会放出一种可以燃烧的气体，他照着做了，果然，"扑"的一声烧起来了，冒出蓝色的火苗。书上说玻璃瓶里外敷上锡箔，充电以后可产生强烈的放电，他照着做了，"啪！"真的是一个闪亮的火花。啊，他明白了雷电是怎么回事。他高兴得如痴如狂，拍着手在小阁楼上又跳又叫："成功了！"

这时已经是半夜了，周围的邻居知道了，担心地议论："那孩子深更半夜又叫又跳，莫不是精神病？""那孩子中了邪，他在玩鬼火哪！"这些话传到里波耳朵里，他也担心起来，法拉第知道后，就拉着老板上了阁楼。他说："我是照着书上讲的做实验，请你看看！"说完，他像个杂技演员，像变魔术一样，奇迹在他手里出现！红的变蓝，蓝的变红，烟雾、火花，"砰砰，啪"！里波先生明白了，法拉第是在勤奋学习，不是在闹着玩。他拍着法拉第的肩膀说："孩子，你这是在做科学实验，可千万要小心呀！"

就是通过这样的坚持不懈，后来法拉第发现电磁感应现象，发现电解定律等，为科学做出了巨大贡献。人们称他是"世界上最伟大的电学家"。

▲ 1850 年法拉第讲解电磁感应现象时使用的磁感线和磁化纸

酷爱戏剧的契诃夫

▲契诃夫像

父亲巴维尔今天心情愉快,晚餐桌上的气氛也相应活跃起来。

"巴甫洛维奇,给我们表演个什么,好不好?"父亲吃罢晚饭,一边剔牙,一边对老三契诃夫微笑着说。

小契诃夫(1860—1904)略略思索了一下,欣然答应:"好,我给您模仿一个老学究读文章吧。"

契诃夫清了清嗓子,就学着老学究古板的口气和神态,像模像样地念了一段文字。父亲和兄弟都被他逗得哈哈大笑起来,一齐鼓掌称赞。

少年契诃夫很有表演才能,善于即兴表演各种角色。父亲高兴的时候,就逗他来上一段。

一次,他表演牙医拔牙,拿着铁钳模拟牙医的各种动作,费了半天劲,才从扮演患者的大哥嘴里取出一个小木塞,引得全家人笑声不止。

还有一次,契诃夫把脸抹黑,把头发弄乱,穿了件破烂的衣服,拿着自己写的乞讨信,到叔叔家去讨钱。

"行行好吧,先生!可怜可怜我这个无人照顾的孤儿吧!"

契诃夫伸出手可怜兮兮地向叔叔乞求。

"真是个可怜的孩子,这么小就失去父母。这几个小钱拿去买两个

▲契诃夫（中）为众人诵读《海鸥》

面包充饥吧。唉，可怜的孩子！"叔叔竟然没有认出自己的侄儿，大发慈悲。

契诃夫抹掉脸上的泥土，笑嘻嘻地喊："叔叔，您看我是谁？"

叔叔仔细一瞧，捧着肚子笑弯了腰，手指着契诃夫笑骂道："原来是你这个小鬼头！"

像这样的表演，契诃夫经常在家里举行。在窘境中，小契诃夫用自己的快乐和幽默驱散笼罩着全家的阴霾，抵御生活中的困苦和忧伤，给全家带来欢乐。

契诃夫爱演戏，也爱看戏。13岁时，他就到城里的剧院看戏。当时社会上把戏剧看作伤风败俗的东西，学校严禁学生看戏。契诃夫不顾学校禁令，常常化妆混进剧院。他先后看了《美丽的叶莲娜》《哈姆雷特》《钦差大臣》以及亚·尼·奥斯特洛夫斯基的几个戏

▲在雅尔达的契诃夫故居，同契诃夫的妹妹玛丽娅·契诃夫和罗马尼亚诗人米哈依·别纽克合影

▲契诃夫《万尼亚舅舅》剧照

剧。这些都给他留下了深刻的印象。

他从经常看戏、演戏，发展到进行艺术创作。13岁那年，契诃夫曾写了一首讽刺诗，讥讽中学里专横粗暴、不给学生任何自由的学监。这个学监后来成了他著名小说《套中人》中别里科夫的原型。

契诃夫对文学艺术的爱好，一方面来自天性，另一方面来自父母的熏陶。他的父亲巴维尔酷爱音乐和绘画，弹得一手好琴，绘得一笔好画，曾在教堂里担任乐队指挥。他的母亲年轻时写过小说，成家后还常把自己写的小说念给孩子听。契诃夫后来进入莫斯科医科大学学医，毕业后当了医生，但对文学艺术的爱好却贯穿他生命的始终。他不但写出了大量脍炙人口的小说，还创作了像《海鸥》《万尼亚舅舅》等一系列被世人津津乐道的著名戏剧作品。

▲契诃夫《套中人》插图

小林肯惜书如惜命

▲林肯像

爱读书的林肯，由他的小伙伴介绍，从附近村庄的一位先生那里借了一本伟人传记。

林肯好像得到了宝贝似的，高兴极了，他很想一口气将这本书读完，可是不行。因为他还得帮助家里干活，白天很少有空闲的时间，只有在晚上，当小伙伴们聚在一起游戏时，当家里人都熟睡时，他才能静心读书。

太阳落山，夜幕终于降临了。林肯翻开伟人传记，慢慢阅读起来。他刚读了几页，就被伟人的事迹吸引住了，越往下读，兴趣越浓。他明知时间已经不早了，几次想合上书就寝，都下不了决心。直到深夜，他命令自己：

▲林肯夫人玛丽像

▲林肯阅读《解放黑人奴隶宣言》

"一定要睡了，明天还得干活呢！"这才恋恋不舍地合上了书本。

他走到桌子前，刚想把书放在桌上，立即又缩回了手，他怕桌上有灰尘会将书弄脏。于是他找来抹布，将桌面擦拭干净，又用手指摸了摸桌面，确实没灰了，这才将书放上去。

由于白天的工作实在太劳累了，他头刚挨上枕头，就沉沉地入睡了。

没过多久，下起了大雨，熟睡的林肯一点都不知晓。

天刚亮，林肯就起床了。他想在干活之前，再读读他心爱的伟人传记。

他走到桌子前，一下子惊呆了，因为那本宝贵的书已被雨水弄湿了。

原来，他家陈旧的房子漏雨。放桌子的位置，原来是不漏雨的，没想到在昨晚那场大

▲林肯纪念堂

101

雨的袭击下，也漏起来了。

林肯懊丧得吃不下饭，无心思干活。"将人家的书弄湿了，怎么办？"这个恼人的问题，一直在他脑海中盘旋。

当天晚上，林肯带着已被弄湿的书，去见书的主人：

"先生，书被弄湿了。我太不当心了，非常难过和抱歉！我没有钱买一本新书赔偿，愿意替先生干活3天，作抵偿。"

▲ 林肯遇刺

书主人和蔼地说："孩子，谁都会有过错，别太难受！告诉我，书是怎样弄湿的？"

"昨晚下雨，我家房子漏雨被淋湿的。"

"原来是这样！那么这事更不能责怪你了，你用不着为我干活3天。"

可是，林肯坚持为书主人干了3天活。

书主人很感动，决定将这本书送给林肯。

林肯推辞不掉，将书带回家，又如饥似渴地阅读起来。

▲ 林肯与道格拉斯进行辩论

"荷兰仔"里根

▲里根

里根是美国历史上第一位演员出身的总统，也是上任时年纪最大的总统，他宣誓就职时已是70岁高龄。

1911年2月6日，里根降生在美国伊利诺伊州的坦皮科城，父亲杰克靠给别人推销皮鞋维持全家生计。里根呱呱坠地时白白胖胖，一双蓝眼睛大大的。父亲一时高兴，给他起了个"荷兰仔"的绰号。

"荷兰仔"从不知道忧愁。他父亲收入微薄，加上经常酗酒，家里的日子很不好过。里根4岁那年，家里常常没钱买菜，母亲只好每个星期六到肉市上买几根骨头回来熬汤，供全家当菜吃一个星期。尽管这样，里根从不叫苦，戏耍逗乐，不知疲倦，让人觉得他是生活在最快乐的世界里。

读初中时，家里付不出学费。里根对父母说："你们别为这事担忧，让我自己来解决。"他说到做到，利用

◀童年时的里根（左）

星期六和星期天去建筑工地帮忙。搬砖、推土、运水泥，他常常一干就是 10 个小时，饿了啃块干面包，渴了喝几口自来水，回家后仍然乐呵呵的。

母亲心疼他，问："孩子，干这么重的活，累不累？"

里根满不在乎地说："不累，不累，一点腰酸背痛，睡一夜就没事了。"

暑假期间，他还利用自己善于游泳的特长，到游泳池当救生员，整个暑假都泡在游泳池里。有个同学问他："你天天呆在这儿，不腻味吗？"

"这有什么！我喜欢游泳，我天天到这儿，既可以游泳，又可以赚

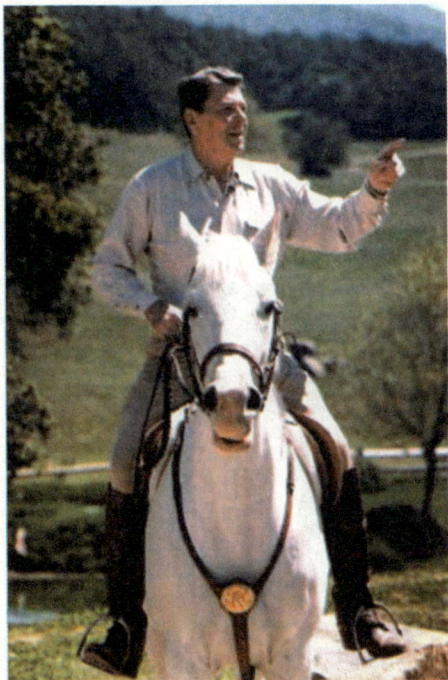

▲里根度假喜好骑马

钱，简直太棒了！"

乐观豁达的天性往往与敢于冒险的精神结伴同行。里根小时候就喜欢冒险，野气十足。

里根家离火车站不远，他常常和哥哥一起到铁路上玩耍。一天，里根兄弟俩要通过铁道，一列火车正好停下来，挡住去路。

"从下面钻过去，敢吗？"里根扑闪着蓝色的大眼睛问哥哥。

小哥哥胸脯一挺，不甘落后道："当然敢！"

▲里根（左）与戈尔巴乔夫在一起

小兄弟俩趴下来往火车底下爬。

"呜……"一声汽笛长鸣，火车启动了，车轮滚滚向前。

站在家门口的母亲目睹这一情景，惊叫一声："我的孩子！"便晕倒在地上。等她醒来时，看到两个儿子正气喘吁吁地跑回家，不禁又惊又喜。她翻身抓起一把扫帚，把他们打了一顿。

▲里根总统遇刺

▲1966年11月5日，里根竞选州长时与支持者握手

这一次惊吓并没有改变小里根爱冒险的性格。上山抓鸟，下河游泳，他仍乐此不疲。

稍大一点，他把这种冒险精神转移到体育活动上。他特别爱好踢足球，因为他把球场上的混战看作最开心的事。读小学时，他时常偷偷溜进球场看中学球队练球。他做梦都想穿上红白相间的球衣驰骋球场。13岁那年，他进了迪克森中学，可惜视力不佳，只能参加学校的橄榄球队。一到球场，里根如鱼得水，浑身是劲，到处都有他的身影。

乐观豁达、敢于冒险的精神，使他日后从事的事业——无论是当演员还是当总统，都干得很出色。

105

屠格涅夫挨打

俄国著名作家屠格涅夫（1818—1883）从小就喜欢读诗歌和寓言，并且能准确地判断作品的优劣，有一定的鉴赏能力。

一天，寓言作家德米特里耶夫到屠格涅夫家做客。屠格涅夫的母亲对他说："我儿子喜欢寓言，他读过您的作品哩。"为了证明这一点，也为了表示对客人的欢迎，她把儿子叫到客人面前，说："朗读一篇德米特里耶夫先生的作品，让先生评

▲屠格涅夫像

评你的理解是否正确。"

小屠格涅夫认真而有感情地朗读了一篇。德米特里耶夫极为高兴，连声称赞："读得好！读得好！每个字的语调处理得当，准确地理解了寓言的思想感情。"

客人的赞扬使母亲有些兴奋了，她要儿子再朗读一篇。谁知，小屠格涅夫却对客

▲屠格涅夫故居外景

▲ 位于莫斯科以南 380 公里的小城奥廖尔是屠格涅夫的出生地,图为奥廖尔屠格涅夫故居博物馆外景

人说:"先生,您的寓言好,但是,克雷洛夫的寓言更好。我想朗读一篇他的作品,好吗?"

德米特里耶夫听后,大笑起来,欣然应允。

母亲当场不好说什么,只能瞪着眼睛看儿子,表示生气。客人走后,母亲抓住小屠格涅夫,掀起他的衣服,狠揍他的屁股,边打边说:"你猜猜看,我为什么打你?"

"我知道,是因为我不会说假话。克雷洛夫的寓言就是好嘛,这是事实,为什么要否认事实呢?"小屠格涅夫倔强地坚持自己的评价。

▶ 格涅夫的《猎人笔记》封面 上海译文出版社出版的屠

ЗАПИСКИ ОХОТНИКА

世界文学名著普及本

猎人笔记

[俄] 伊·屠格涅夫 著 冯春 译

上海译文出版社

李斯特嗜琴痴境

在年幼的李斯特看来，每天最大的乐趣，就是晚上听父亲演奏钢琴了。

李斯特的父亲并不是钢琴家，而是在一个匈牙利公爵家里当管家。由于地位卑贱、收入甚微，他的精神很压抑。所以每晚回家，他就坐在一架破旧的钢琴前，弹奏一段乐曲，以排遣胸中的烦闷。不想那通畅悦耳的琴声，却让5岁的儿子听得入迷了。一次李斯特掀起琴盖，用他小小的手指，竟然弹出

▲李斯特

了那乐曲的主调旋律。这出奇的天赋，使得这位不得志的父亲兴奋不已。

李斯特6岁的时候，父亲正式教他弹琴。由于平时耳濡目染，领会于心，所以一经指点，李斯特很快就能掌握。而且他从父亲那儿曾多次听到过音乐巨人贝多芬、海顿、莫扎特、舒伯特等人的伟大业绩，所以他幼小的心中萌发出长大

▲维也纳街头刻有弗朗兹·李斯特名字的路砖

之后要成为一个出色的音乐家的志向。

他每天清晨早早起床，盥洗完毕，就坐到钢琴前面，专心弹奏，不到中午绝不停止。有时母亲看他过于辛苦，劝他休息片刻，他也不肯中断。

在弹奏中，最使他苦恼的是一双手太小。有一次试奏一首练习曲，弹到中间，突然发现低音部有十度音符，他的手指再怎么伸开，也无法达到距离。他不愿因此而中断练习，急中生智连忙低下头，用鼻尖代替手指，终于圆满完成了这首练习曲的弹奏。

这天晚上，李斯特在睡觉之前，虔诚地向上帝祷告，祈求上帝能让他的小手一夜之间长大，能毫不费力地按到 8 个音符。

▲ 李斯特画像

可是第二天醒来，他的小手并没有如他所想的那样长大，这使他大失所望。他抬起双手凝视半晌，突然发现：如果用刀把各个手指之间的肌肉划个口子不就可以大大扩展彼此的距离了么？想到这里，他无比兴奋，跑到父亲房里去寻剃刀，还向父亲说了自己的天才发现。倘若不是父亲及时制止，傻气的行动，将要贻误李斯特的终身了。

经过 3 个寒暑的不懈努力，李斯特的演奏技巧已达到很高的水平，他父亲想方设法，为他举行了个人演奏会，他的音乐才能得到了许多人的赞赏。

为了让儿子能进一步深造，他父亲辞了工作，全家迁居维也纳，在那里，又聘请著名的音乐家教他钢琴。上课时，无论刮风下雨，李斯特从不迟到。一年之后，12 岁的李斯特的演奏轰动了维也纳的音乐界，人们称他为"神童"。

▲ 李斯特博物馆

孔融巧言悦主

牛车载着十岁的孔融和他的父亲,驶进了京师洛阳(东汉首都)。拉车的牯牛,在大街上不紧不慢地走着,车篷下,父亲端端正正地坐着,孔融呢,左顾右盼,欣赏街景。他早就听说,京师繁荣壮丽。现在,出现在他眼前的大街、店铺和王公大臣的府第林立,街两旁还种植着各种树木,果然气象万千。他目不暇接,心花怒放。

牛车穿过几条大街以后,有一座府第映入眼帘。只见府第的前院内,虽然跟别的府第一样也种植着花木,但不像别的府第那样停放着众多来访客人的车马。

孔融问父亲:"爹,这是谁的府第?""李膺,李大人。""李大人是名士、贤臣,为什么门庭这样冷清?"孔融有些迷惑不解。

▲孔融像

父亲解释说:"李大人不愿胡乱与人结交,除非是有才能的人,或者是亲戚故旧,才肯接待。"

孔融恭敬地向父亲点点头,表示明白了。他本来就仰慕李膺,现在听父亲说李膺洁身自重,不乱结交,对李膺就更有好感,产生了想亲眼见见李膺的愿望。此时他对街景失去了兴趣，而是忽闪着眼睛，默默地思考：李大人不肯轻易会客，我怎样才能见到他呢？想个什么办法呢？

父亲见儿子不再观看街景，以为小孩子原本就不可能长时间对一件事情保持兴趣，所以也不在意。

孔融墓

牛车将他们父子送到了住处。

孔融的父亲这次是到洛阳办理公务。第二天早饭后，他要去公干，嘱咐孔融自己在附近的风景点走走。

父亲走后，孔融无心去游览，迫不及待地要去会见李膺。他已想出了会见李膺的办法。

他走了好长一段路，来到李膺府第门前，对看门人说："我是李大人世交的子弟，今天特地前来拜访李大人，麻烦您给通报一下。"

李膺不愿随便会客，所以看门人特别警惕。刚才，孔融向大门走来时，看门人就在打量他，但对他的印象良好，感到他不是一个顽劣的孩子，眉宇间透着一股灵气。现在，听说他是主人的世交子弟，属于可接待的客人范围，便爽快地支派另一名年轻仆人去向主人禀报。

不一会儿，那仆人出来，殷勤地对孔融说："请！"说完，侧身引路。

穿过前院，进入二门，经过天井，登上几级石台阶，便是花厅了。

孔融瞥见花厅里坐着三个人，不知哪一位是李膺。当他跨进花厅时，只见三人中年长的那位站起身来行礼说："公子幸会！"无疑，他就是李膺了。

孔融连忙还礼。

宾主坐下后，李膺介绍了另外两位。原来他们俩也是李膺的好友。

"公子尊姓大名？"李膺问孔融。

"晚生孔融。"

李膺飞快地思索了一下，想不起自己亲朋好友中有姓孔的，便盘问孔融："不知公子的父辈或祖辈谁与我有交往，何以公子与我是世交好友？"

孔融胸有成竹地说："李大人的先祖是李老君（春秋时期的思想家老子），晚生的先祖是孔子。孔子曾向李老君请教"礼"，与李老君是师友，那么，晚生与李大人不是世交好友吗？"

"哈哈哈！"李膺与他的两位好友听后都开怀大笑。

笑完，李膺连声夸赞："讲得好！聪慧过人！"

花厅里的气氛活跃起来。

孔融珍视这次会见，趁机提出许多问题向李膺请教。李膺热情地一一回答。这个十岁的孩子，与三位成年人畅谈了好一阵子才告辞。

孔融回到住处后，他父亲得知儿子做了这样一件得体的事，非常高兴。

▲孔融让梨雕塑

武则天驯马

武则天是我国封建社会的一位女政治家，也是中国历史上唯一的正统女皇帝，执政 50 年之久。她出生于山西文水一个将门之家，在童年时就聪慧过人，琴、棋、书、画样样俱精，而且容貌美丽，胆大有心计，14 岁时被召进宫中，选为才人。

那一年，西域国王派人向大唐进贡了一匹名叫"狮子骢"的烈马，宫廷

▲武则天像

里的驯马师都想试试自己的本领，可他们刚骑上去，就被摔倒在地，跌得鼻青脸肿。有个惯于征战的青年将领很不服气，飞步骑上马背，那烈马双蹄腾空，纵身一跃将那青年将领从马背上掀下来，半天也没爬起来。

这时，站在唐太宗身旁的武则天请求道："皇上，让我试试看吧！"

唐太宗看看年幼而纤小的武则天，笑着问道："你能行吗？"

"皇上，女子就不能骑马吗？"武

▲武则天墓前的无字碑，在今陕西乾陵

113

则天从容不迫地回答道，"不过我需要三样东西：一根钢鞭，一把铁锤，一支匕首。"

唐太宗不解地问道："要这些东西何用？"

武则天笑着说："马活着就是要给人骑的，它不让我骑上去，我就用鞭子抽；抽不服，就用铁锤敲它的头；再不服，我就用匕首割断它的喉管。"

真是一语惊人。武则天说到做到，她腰插铁锤、匕首，手执钢鞭，大胆地逼近烈马。烈马照常蹶起蹄子不让她近身，武则天举起钢鞭狠狠地抽了它几鞭子，并趁机骑了上去。烈马故伎重演，又跳又纵，武则天抓住它的颈毛，举锤朝它头上就是一下子。烈马受到锤击，还没等武则天亮出匕首，就一声哀嘶，乖乖地听从她的摆布，规矩地跑了起来。

武则天一把拉住缰绳，翻身下马，来到唐太宗的面前。唐太宗连连称赞武则天道："不愧是女中丈夫，有胆有识！"

▲武则天步辇图

朱元璋巧法救伴

▲明太祖朱元璋画像

一天早上,朱元璋和小伙伴各自赶着东家的牛来到山上放牧。十几头牛刚散开吃草,突然雷声大作,下起了倾盆大雨。有头小牛犊被雷声吓得乱跑,跌到山谷里摔死了。

"哇——"那个放小牛犊的牧童吓得大哭起来。

"别哭,先躲躲雨!"朱元璋拉着小伙伴们进了一个大山洞。

那个小牧童仍在哭,因为他的东家很凶,摔死了小牛犊,他就得遭到毒打,还得出钱赔牛,他家里穷,哪里有钱赔牛呢!

"别怕,我有办法。"朱元璋安慰那个小牧童说。

"你有什么办法?"小伙伴们都奇怪地问。

"你们饿不饿?今天我请客,请大家吃牛肉!"朱元璋说。

"哪来的牛肉?"小伙伴们摸了摸瘪了的肚子惊异地问。

"那摔死的小牛呀!等雨小了,咱们把它拖来烤了吃。"

"他的东家向他要小牛怎么办?"小伙伴们担心地说。

"这你们用不着担心,我有办法!"朱元璋显得很有把握。

雨小些了,牧童们跑出山洞,有的去拖摔死的小牛,有的去寻找柴火。不一会儿牛皮剥掉了,柴火架起来了,火点上了。

牛肉烤熟后，牧童们狼吞虎咽，个个都吃得直打饱嗝。

"东家要小牛犊怎么办？"那个放小牛犊的牧童还是不放心。

"你们抬着牛皮跟我走！"朱元璋说着走出山洞，小伙伴们抬着牛皮跟在后面。

他们来到一处裂着大缝的山岩前，朱元璋指着那条缝说："用力把牛皮塞进去，把牛尾巴留在外面！"

小伙伴们用力把牛皮塞进裂缝，朱元璋又叫小伙伴们去搬来一些大石头，把岩缝塞满、塞紧，只露出小牛犊的尾巴。

朱元璋走上去拉住牛尾巴用力拽了几下，小牛犊的尾巴像"长"在山岩上，一动也不动，他满意地点点头。

日落西山，牧童们赶着牛回村时，朱元璋对大家说："进了村子，大家都要装出愁眉苦脸的样子，知道了吗？"

"知道了！"牧童们一齐回答说。

天黑了，牧童们才回村，养牛的东家们都站在村口张望。

那个养牛犊的东家没看到他的小牛犊，扯着那个小牧童的耳朵问："我的那只小牛犊到哪里去了？"

"小牛犊，小牛犊，哇——"那个小牧童吓得哭起来。

"东家，你别急，听我说。"朱元璋忙走过去。

"关你什么事！"那个东家气势汹汹地说。

"今天早上下雨时，雷声直响，你们家的小牛犊吓得乱跑，抓也抓不住，一头钻进山岩里了……"朱元璋不慌不忙地说。

"胡说！准是他把我的小牛犊放丢了，想编这套谎话来骗我！是不是？"说着，扬起牛鞭要抽打那个小牧童。

朱元璋连忙架住那个东家的牛鞭，说："东家，你先别

▲朱元璋为了营建自己的陵墓，将原在独龙阜的蒋山寺（始建于南北朝时期的江南名刹开善寺）和宝公塔迁到中山东麓，改名灵谷寺。图为现在的灵谷寺

发火打人，你要不信，我们带你去看嘛，牛尾巴还露在外面呢！不信，你就问问他们！"

"东家，真的是这样！"牧童们一起作证说。

"你们马上带我去看，要是说谎，我连你们一起收拾！"那个东家边说边举起了灯笼。

他们来到了露着小牛犊尾巴的山岩前。

那个东家用灯笼照着，仔细地查看了露着的牛尾巴，不错，正是他那头小牛犊的尾巴。于是，他抓着牛尾巴，用力拽起来。

"东家，你轻点用力，拉痛了，小牛犊要叫的！"朱元璋说。

"少说废话！"那个东家又用力拽起来。

"咳，咳。"朱元璋咳嗽了两声。

"哞——哞——"果然传来了小牛犊的叫声——这是朱元璋事先布置两个伙伴发出的叫声。

那个东家连忙放了手，惊异地朝四周看了看。可他还是不死心，抓住小牛犊的尾巴又用力拽。

"咳，咳。"朱元璋又咳嗽了两声。

"哞——哞——"又传来了小牛犊的叫声。

那个东家吓得连忙放了手，自言自语地说："有鬼啦……"

朱元璋立即放开喉咙大喊起来："鬼来了，快逃吧！"

小伙伴们都跟着朱元璋朝村子方向跑去。那个迷信鬼神的东家，也吓得跟着大家跑回村子。从此，他再也不敢提小牛犊的事了。

朱元璋长大以后，参加农民起义，推翻了元朝的残暴统治，成为明朝的开国皇帝。

▲明孝陵

纪晓岚学对

清朝的纪晓岚（1724—1805）是海内外有名的大学者，享有世界声誉的中国古代文化典籍《四库全书》就是他主编的。

纪晓岚小时候勤奋好学。四叔纪容雅很有学问，对他特别喜爱，在纪晓岚去私塾读书之余，四叔常常教他学习对对，内容都是屋里屋外常见的事物。时间一长，里里外外凡能接触到的事物，几乎都对遍了，纪容雅觉得自己的本事都给纪晓岚掏光了。

一天，纪晓岚又跑到纪容雅家里，说："四叔，再出点儿对子让我练练吧。"

纪容雅不禁羞惭地说："我的小祖宗，你就另请高明吧，我肚里这点儿学问

▲纪晓岚画像

纪晓岚墓

你学的都差不多啦！"

纪晓岚诚恳地说："四叔，您在我们地方上德高望重，谁不晓得您学富五车，才

▲《四库全书》书影

高八斗啊！您就教教我吧。"

纪容雅被缠得无法脱身，只得苦思冥想了一番。过了好久，才说："你耳聪目明，就在这屋里帮我找找看，看什么没有对过，就以什么为题，好吧？"

纪晓岚听了，便在屋里东瞅西瞧，从天窗、大梁看到方砖、地坪，从卧室的梳妆台看到雕花大床……

"嘻嘻，看你们爷儿俩，真正是书生气十足了！"忽地，从床上发出一个女人的笑声。

纪晓岚一惊，这一惊倒激发了他的灵感。原来发笑的女人是四婶，她正坐在床上缝制衣服，一只缠过的小脚露在裤子外边，小脚穿着绣花软鞋。纪晓岚见了，便拍着小手笑道："有了，有了。婶婶的脚就没有对过。"

四叔一捋胡须，抿嘴一乐，脱口说出上联："三寸金莲瘦。"

纪晓岚不假思索，应口对道："一双绣鞋轻。"

四婶有些恼火，放下活计，对着纪容雅和纪晓岚嗔骂道："我的脚也能来作对子吗？太不正经了！"

纪容雅见老婆发怒也不计较，反而幽默地给以反驳，又说出了一个新联："人谁不有脚。"

纪晓岚接着笑应道："何必动无名。"

动无名就是发无名之火，当然暗指四婶。这么一来，四婶笑出了泪，四叔笑弯了腰。

▲位于北京市珠市口西大街的纪晓岚故居

119

傅嘉难倒李调元

▲少年李调元读书雕像

李调元20岁中进士后，被委派出任广东学政。当地有个叫傅嘉的孩子，故意在他每天上街或回家的必经之路上用三块石头垒成一座石桥，来考李调元。

有一次，李调元回家时，轿夫将三块石头的"石桥"踏倒了。在一旁守候的傅嘉便责难轿夫不该将他的"石桥"踏倒，轿夫则责怪傅嘉不应当路垒桥以妨碍行走，两人便吵了起来。

李调元闻声便下轿调解，傅嘉有备而来，说："素闻大人善于对对，我这就出个对子，如对上了，就放你们走，对不上就要赔我的桥。"

李调元最喜欢和人作联应对，一听此言正中下怀，再看傅嘉一副天真活泼、聪明伶俐的神态，非常高兴，连忙说："请出上联。"

傅嘉指着被踏倒的石头说："踏倒磊桥三块石。"按说此联的"磊"字应改为"垒"字比较确切，但傅嘉故意用上这个"磊"字，以便于后面的"三块石"相接，形成难题。从字面上看，"磊"不正是"三块石"吗？

李调元果真被难住了，提出回去想想，明天再来应对。傅嘉初战获胜，也就答应了李调元的要求。

▲图为李调元与好友把酒吟诗的情景

李调元回到家后心神不宁，他的夫人也是个喜爱对对的人，知道了丈夫闷闷不乐的原因后，说："这有何难！"她拿着正在剪的花样说："剪开出字两重山。""出"字一分为二，正是"二重山"，确能对出"磊"字的"三块石"，所以李调元听了连声叫妙。

第二天，李调元在路上又遇傅嘉，便将下联对了出来，傅嘉回答说："想大人堂堂男子汉，当用'劈'和'砍'之类的豪迈字句。据童子推测，这下联是夫人对的。"

李调元当即承认了事实，越发觉得这个孩子聪明过人，更加喜爱，很快去找到傅嘉的父亲，将自己的俸银二百两送给傅家，以供孩子读书之用。

▲李调元故居